小史。望梅

Twelve Essays by Chen Yung

陳詠｜散文集

陳詠 著

文集目次

唐。斯。先。生

費城老朋友美莉來信，通知我唐斯先生的女兒帕德將遷至我州，託我有機會照應照應她。這個獨生女兒是因丈夫工作的關係，在百般無奈之下，離開老人護養院中的父母親遠遷他州的。南下前，將家屋出售，花了許多精力清理雙親半生的家當，撫今追昔，身心俱疲，需要安慰。

看看帕德的地址，同州不同城，得鄭重相約才有可能見面。結果個多月後才有機會在我家相會。這女孩我素未謀面，一向只模糊的知道有這麼一個人，所以時間將到，我便不時好奇的翹首窗外。

「女孩」其實是三、四十年前的稱呼了。人的腦筋是不大靈活的，往事故人因為不在眼前，便永遠不舊永遠不老。但屈指算來，帕德應是我的年紀了。記得在我的婚禮上，她媽媽特別喜歡我的禮服，說是回去要形容給女兒參考，因為女兒馬上也要結婚了。我大方不愧的說了聲謝謝，雖然禮服是借來的。禮服前後穿了五個人，我是第三個。唐斯太太和我只是一面之交，這一切秘密，她自然都不得而知。但是唐斯先生就不同了，我們一批學生，事無大小，尤其經濟情況，他都瞭如指掌。

聖誕老人

六〇年代的費城華人留學生，凡與團契教會稍有接觸的，無人不知Mr. Downs，一個笑嘻嘻的美國大漢。我到賓大時，他已是中國窮學生的榮譽家長。有人三餐不繼嗎？找唐斯先生，他便代為打聽餬口之工。工打得太雜，不知如何下手報稅嗎？他會代為整理，不厭其煩的為我們一張張報稅表算得清清楚楚，數字打得整整齊齊，叫稅務局猛一看，還以為是敦請會計師代勞的納稅貴族，不料個個都是窮學生請求退回外國人免繳的社會福利保障稅。感恩節無家可歸嗎？跟唐斯先生的大隊到農夫史多法斯的農莊去吃火雞大餐。

有一次，某人收到不知何方來信，邀他某時某日到某處：有免費地皮贈送，大喜之餘亦不忘向唐斯先生報訊。不料唐斯先生直搖頭：

「這種便宜美國很多，」他說：

「十之八九有古怪，以不理不睬為宜。」這位同學雖然大失所望，但唐斯先生的忠告誰肯違背？他的信用早已無可懷疑。

唐斯先生究竟是何許人，我們不知道，亦不感好奇，現在回想起來，覺得不可思議。一個我們父母輩的中年人，既非傳道又非外國學生顧問，有家庭妻女，有自己所屬的美國教會，但一年五十二周末卻全部消磨在唐人埠小小的團契教會中，當我們的義務牧師、義務保母。如此奇事，我們竟毫不奇怪。反之，還好似覺得此時此空出現此人乃是自然現象，好比每逢歲末必遇聖誕老人。聖誕老人出現，理所當然；破例缺席，才值得質詢。

回想當年，這確是我自己的心態。自小在教會中長大，一向所遇洋人個個慈眉善目，而他們存在的功用，似乎也是分禮物，受施之間，早因例定俗成而變成理所當然。時至今日，參加了美國教會數十年後，才體會到洋人非有萬金可擲，一切慈善，都是小康之家省吃儉用，鼓勵小孩推己及人這樣一個個小錢累積起來的。這是數十年後回顧之明，當時一切自都無知無覺，受之無愧。

六〇年代的華埠小小教會，成員不過二十多，全部年輕人，除幾個土生之外，幾乎個個都是賓大學生。本人一臨貴境，在宿舍遇上幾個菲律賓華僑同胞，馬上便被帶入這一個團體，從此便自然而然在唐斯先生的翅膀下註了冊。

唐斯先生不止每主日整個上午在唐人教會服役，每個下午也必移陣到費城市立醫院去做更麻煩的工作。上下午之間自然得打發一頓午餐。午餐他多在醫院吃簡單自助餐，但有時也會到我們小教會對面街的飯館去吃頓中餐。遇此，唐斯先生便會邀我們幾人同去。咱們於是像小雞擁母雞的唧唧過街。車輛都停下來讓我們搖擺而過。

如今回想起來，那個過街隊伍，確是值得停車觀看，因為除了一位白人大漢，幾個小巧黃種人外，還有一員矮矮胖胖的黑人老太太。六十年代的美國，兩色隊伍都少見，除了民權示威運動外，遑論三色。

三色隊

說到六〇年代的費城教會，若不提提黑人派拉斯太太就不完全。派拉斯太太是何來歷我不知道，反正我報到之時，她已是華人教會固定成員。她也是我第一個真正接觸的黑人。

首次到教會聚會，前座赫然坐著一個黑婦，儀容體態都像極了《亂世佳人》（《飄》）電影中那位忙來忙去矮胖好心又威風的保母。唱起歌來，派拉斯太太手舞足蹈，仰天閉目，天人之間別無他人的專注；其聲低壯，時而呼喊時而絲絲細語迴迴盪盪。以後我才慢慢體會而至欣賞這是黑人靈歌的唱法，乃是美國聖樂的一脈精華。當時因為前所未見未聞，大大不以為然，認定此人若非新酒灌滿，肯定是化外之民。

我在想，當時的小小教會，若是由我們自己主持，派拉斯太太肯定不會找到落腳之地。但當時她既比我們都先到，而唐斯先生又絕對一視同仁，我們自然和她和平共存。但是好一段時間，當派拉斯太太熱情的將我們一把抱住（她一抱可以抱住我們三個小女孩），我們的身子仍然缺乏接納的柔軟。倒是我們中間幾位土生女，比我們純真得多，絲毫沒有我們的僵硬，與派拉斯太太相處無間親愛自然。

當時小小的華人教會說來好笑，華人本身還會因考試、打工之類時而缺席；唯有一個白人一個黑人絕對全勤。因此過街吃飯的隊伍一白一黑是必有的。

那時代的華人飯館，即使是大埠亦為數不多，亦不講究，幾乎一律蓬頭垢面，飯菜粗糙。我們一隊必點的是一味豆醬酸筍衣牛肉，另一味是榨菜豬，不是「肉絲」，而且不論肉、菜，塊頭都有拇指大的鄉下菜。我們狼吞虎嚥甚為滿意，根本未曾想到西人可能另有愛憎。後來在美國待久了，才知道榨菜、酸筍、韓國泡菜等氣味沖天足以叫死人復活的民族珍品，都是洋人所懼。當時未有領悟，堅信我樂者人必樂之，毫不懷疑我們黑白朋友的享受不亞於我們。而一桌人杯盤狼藉之後更是毫無異議，次次都是唐斯先生結帳。一方面，我們沒有人有錢跟他客氣，事實上，亦缺乏主動的意識，歸根究底，仍然是西人是聖誕老人的心理。

派拉斯太太

不過我們基本上還是有教養的孩子。我們幾個女同學免費飯吃多了，便覺得有必要表示小小的回報。於是慎重選擇一個主日晚上作為感謝日，自自然然也絕不會想到唐斯先生在教會、在醫院奔波了一整天，最仁慈之舉，是容許他快快回到遠在外郊的家去休息，和家人吃頓閒飯。

吉日晚上，我們幾個宿生一起聚到租住公寓的同學家，同心合力的請客。因為都不會煮，事先便到華埠買了一只我們唯一買得起的滷水豬肚，壯壯膽。

豬肚剁成片，層層相間煞是好看；炒炒，香噴噴的端到客人面前。當時我們也根本不知內臟亦是老美所懼，所以也無意欺騙。只見唐斯先生叉了一片入口，靜靜反芻了一下，突然喝采道：「This mushroom is wonderful!」我們面面相覷，忽有所悟，就都不敢作聲了，順水推舟，大家七手八腳的將「蘑菇」全部奉獻到客人的盤子裡。一頓下來，一隻豬肚全部入了唐斯先生的胃。

如今回想起當晚的盛況，心中忽冒一個疑問。是日下午唐斯先生醫院服務完畢，馬上屆吃飯時分，而他必須先繞道將同工派拉斯太太送回家後才可以來赴我們的筵席。最合理的安排，應是派拉斯太太亦一道請來，我們為什麼沒有這樣做？

派拉斯太太不只是教會全勤會友，又經常像老保母一般的寵愛著我們，而且是唐斯先生醫院事工最忠心的同工。為什麼我們沒請她？這是一個耐人尋味的問題。

唐斯先生的醫院事奉，我們幾個女孩也是不時去助陣的，談不上熱心愛心，起碼我自己是如此。一向最怕醫院的環境，之所以去，乃因那邊缺人司琴。我們這些在教會中長大的孩子，最少承接了一種義不容辭的責任感，不是十分情願的事，也是會鞭撻自己去擔當。雖然到了醫院，幾個小姐只敢幫忙推病床，不敢正視、呼吸周圍的病痛。遇到考試，我們更是名正言順的給自己放假了。

唯有派拉斯太太一人永不缺席。只有她的大胸膛真正可靠，她的雙臂欣然張開，真正毫無保留的擁抱著每一個病患，只有她親愛自然的吻著每一張口水流流的變形嘴臉。唐斯先生服侍的是慢性神經科病房。病人頭部四肢都失去控制，不停的搖動揮舞，一旦得病就是無期徒刑。一個最老的病人叫約瑟，若我沒記錯，已臥病十七年。

這些病患每星期的一線曙光，就是唐斯先生的到來，帶領他們主日崇拜。派拉斯太太和我們的工作，就是幫忙將幾十張輪椅或病床（連輪椅都不能坐的病人）推到醫院禮堂參加聚會；聚會完畢，將唐斯先生帶來的糖果點心分給大家，然後將各人推回原處。我們不去時，就只有唐斯先生和派拉斯太太擔當全部操作。

後來我婚後要離開費城，派拉斯太太還為我們餞行。那天她穿小的貧民區公寓門口門庭若市來客不絕，都是跟我們素未謀面的黑人街坊鄰里，人人帶了菜來為我們祝福。那天主人款客的主菜是一道鹿肉，也是一位黑人大叔打獵得來的，派拉斯太太分到一份，特別留來款待我們。

這樣一位老太太，我們連一頓順風飯也沒請她來吃。回顧分析起來，理由十分簡單，我們沒有請，因為做夢也沒想到要請。我們的磁場大異於唐斯先生的磁場，我們是國貨磁鐵，連猶太人、希利尼人（聖經人物除外）都不入場圍，更何況尼格羅人呢！

似曾相識

等候唐斯先生的女兒來訪時，回想到這些往事，一面也揣摩著應和來客談些什麼？有關唐斯先生的回憶很多，但卻不是和她女兒所共有。反之，帕德成長的歲月，她父親每個周末都給中國人佔去了，她難道不曾埋怨，不覺遺憾？

帕德夫婦如約出現時，我恭謹客氣的催前迎接。二人卻緊緊的握著我們的手。

「陳詠，」帕德熱情的說：

「我一眼便認出來了……看過你的老照片。」

「哎喲，三十多年了呢，」我說：「你爹媽好嗎？……讓我看看，你好像不怎麼像你爸爸嘛。」

「對，我像我媽。」

的確好像是，她媽媽似乎也是臉圓圓的，比她爸矮了一大截。帕德的丈夫微胖，也遠不如他岳父高大，倒也是一樣笑嘻嘻的。

沒談多久，我得到一個印象，這夫妻倆靈犀極通。二人全神貫注跟我們傾談，偶爾彼此遞個眼神，好像稍稍舉手投足之間都能分享二人不言而喻的心思和樂趣。前已聽聞唐斯先生的女兒沒有子女，老朋友都為唐斯先生沒有孫子感到遺憾。今日見到這兩口子，卻為做父母的感到欣慰了，老人不必為獨生女兒有後顧之憂。

「真奇怪，」談了一會兒，帕德說：

「我好像一點不覺得我們以前並不相識……」她一面由皮包中抽出一疊照片。

「這是我替爹媽賣房子時清理出來的……看，陳詠，這不是你嗎？美莉指給我看的……」

我將照片接過來，許多都是我們的舊知。我們的朋友，不知帕德認得多少。我端詳著照片中的唐斯先生。

「帕德，」我說：

「你雖不像你爸，但你們笑起來的表情卻很相似呢，基因這個東西真微妙……」她在我肩旁一起打量著照片。

「爹那時多年輕，」她說：

「難以想像，我現在比他那時還老了好幾年呢！看，這不是美莉嗎？」聽來帕德認得不少我們的同學，那自然是我們離開之後的發展了。

「看，這不是瑞亞嗎？」我遞給丈夫看。瑞亞當時是護士學生，今日兒子都快當醫生了。

「帕德，你認得瑞亞嗎？」我問。

「怎麼不認得，」她說：

「前些時候瑞亞還特別開了長途到老人村去看望我爸媽呢。她帶媽去購物中心。媽告訴我，瑞亞一間間公司的進進出出，硬要媽選隻喜歡的皮包，要送給她。媽說，哎喲！這個瑞亞不得了呀，都不必帶鈔票的，一張信用卡橫衝直撞無往而不利，把媽看傻了眼。」

我聽著好生奇怪，這唐斯一家究竟是何許人？怎麼連信用卡都好像沒用過？難道他們是鄉巴佬？窮人？時至今日還不用信用卡的，大約只有這兩種人。想想也聽過還有第三種人，就是為著理想原則故意選擇過簡樸自律生活的人，包括不欠債不賒賬。這樣極端的人，只看過報導，未遇過真人。

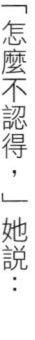

愚人節

老照片我很有興趣看，但我提醒自己，在沒有共同記憶的人面前喋喋懷舊是最討人厭的。匆匆翻了一遍，便將照片遞回給帕德。

「韓保羅，你們認得嗎？」帕德問，又重新翻找著照片。這次是她自己欲罷不能了。

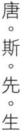

「韓家女兒女婿去年路過賓州，」她說：

「特地跑到老人村去陪了爸媽一天呢。」

這女兒我們離開時都還未出生，如今居然已經會代替父母去反哺恩友。心中為這些朋友、同胞感到驕傲。

帕德將一疊照片收起，又從皮包中抽出另一疊什麼來。「學生們寫給爹的信，」她說：

「爹都按年代存起來了……陳詠，這兒也有你的一封信呢。」她搜索著想要找出來給我看。

「帕德，」我下意識的慌忙阻止：

「拜託拜託，不要找，擔保不是什麼好東西，我不敢看！」那段日子我們幾個女孩子太有伴了，所謂隊大成精、玩世不恭，言行極無分寸，不堪回首。

帕德到底是美國人，見我不要看也就不勉強，不找了。我倒覺得欠她一個解釋。

「那時候太不懂事，」我跟她說：

「什麼都當戲耍。你知道我們開玩笑開到什麼程度？有一次大家在晚禮拜後給我一個突擊慶生會，唐斯先生也送我一本書，裡面夾張生日卡，題有祝賀的字句。

「卡片圖案是一個畫框，框內嵌著一幅風景片。風景片可以套出套入的。回到宿舍，有個同學的姐姐剛由香港寄來一張新生兒的照片，大小尺寸恰巧和風景片一模一樣，套上去簡直像原裝。

「愚人節那天，我們便將卡片擺在教會入口桌上，人人走過都問貝比是誰？好可愛。我們笑而不答。最後唐斯先生也來了，也問。我們便睜大眼睛道：

「『唐斯先生，你不知道？這不是你的卡片嗎？……』帕德，你爸爸拿起卡片反覆的看，裡面生日快樂的手筆的確是自己的，但是封面上的貝比卻是誰呢？他那副丈八金剛的表情，我們笑到快炸了……」

「Poor Dad！」帕德笑著搖頭。

談著談著該是吃飯的時候了。

「帕德、艾迪，」我說：

「你們喜歡吃中國菜嗎？我們這小地方當然不比大城，馬馬虎虎還是可以的……不然我們可以去吃西餐，你們想吃什麼？」

「中餐！中餐！」兩口子同聲喊。

「你知道嗎？」帕德說：

「我們搬來第二天便去找中國餐館。我們那小鎮只有一家。我們叫了客春捲。有那麼幸運的，艾迪一口就咬到了一粒沙，崩了隻牙，痛得他抱著嘴巴哎喲哎喲的叫，結果補了一千多塊。之後我們還是再去。如今每次一進門，老闆便馬上迎上來打恭作揖，客氣得不得了。」

「他怕你們告他！」我說。

「就是，看他表情就知道，滑稽極了……」艾迪哈哈的笑。

「妙的是，」帕德說：

「他有所不知，白擔心了。我們怎麼會去告一個中國人呢？你說！」

生日快樂

這次見面後大約數月，便接到帕德來電，報告母親去世了，剛由費城奔喪回來。聽她敘述，我們好幾位老朋友都有出席安息禮拜。聚會中，且有中國同學獻唱她母親深愛的歌「野地的花」。

母親去世後，帕德將父親接下來安置在附近教會辦的老人護養院。不久，唐斯先生生日，我們約好一同到院替老人家慶祝。

到步時，由車子望出，窺見唐斯先生父女已經坐在停車場前的花園石凳上守候。我們輕按喇叭搖手招呼。

我們迎上去時，唐斯先生將我們一把抱著，臉上閃出非常熟悉的笑容。

「唐斯先生，」我和丈夫同聲喊道：

「怎麼你一點都沒變呀！」我的確驚奇，他老是老了些，但當真沒怎麼變。

但等到唐斯先生開口，我才黯然覺悟，歲月不饒人，他已經認不得我們。他擁抱我們乃因他幾十年來擁抱中國人已成了習慣，來者不拒，只要一息尚存，他永遠不會失去這個本能。

唐斯先生的房間很舒適，壁上主要的裝飾是一張碎布拼圖的被套，賓州德裔移民的色彩。帕德說不是的，是本地地攤上買的，她也是覺得酷似賓州土風才買來掛起，讓父親有點家鄉感。

房中擺著不少鮮花，其中一小籃康乃馨擱著朋友美莉夫婦的名片。

「美莉的丈夫你認得嗎？」我問帕德：

「我們還未跟他見過面呢。我們離去後許多年美莉才結婚的。」

「羅來？我們當然認得。好人一個呢，美莉好福氣。這兩位親愛的朋友，若不是他們經常關心探望爸媽，我們南遷時就更難過更放不下呢。」

原來如此

約莫又過了半年，我們遠行歸來，復又接到帕德來電，報告父親已安然去世，並於上星期迎回賓州與母親同葬。

數月之後，帕德接到一盒磁帶，是費城華人教會為唐斯先生舉行追思禮拜的錄影。帕德說，聽到她心都碎了，因為除了美莉的幾句話是英文外，她一句也沒聽懂，問我可否替她翻譯？

錄影帶用雙掛號寄來。我小心翼翼的打開，懷著興奮期待的心情預備重溫舊人舊地。不料，真正是十年河西了，三兩朋友除外，我們是一個人也不認識了。看來是日出席的會眾，分明也不認得唐斯先生，大概這新一代到來時，唐斯先生已退休離開了費城。

追思人中，就數美莉和唐斯先生認識最久。聽她的敘述，才知道原來那小小教會是唐斯先生一手創立的。

「戰後五〇年代之初，」美莉說：

「有一次唐斯先生帶著我們幾個華埠少年到無線電台作了一次見證，我們說我們要在唐人街開一間教會，之後就有無名氏送來二千元，這就是華埠福音堂的首期訂金……」

聽美莉的追思，當年華埠幾個小少年印象至深的，分明是唐斯先生一反社會潮流，對種族界線無知無覺，所遇的人，不論貴賤不論膚色，他都甘心樂意的服侍。

留學生有來有去，唯幾位土生本地人數十年來未遠離大本營。唐斯先生對他們的關切更是天長地久，若兄若父。

「你們都知道，」美莉說：

「我們幾個人年紀相當大都還沒有找到合適的對象，連自己都灰心了。只有唐斯先生不洩氣，一直堅持代禱到底。你們看，我們終於不都有了很好的家了？」

不久之後，讀到一段紀念唐斯先生的文字。我這才首次得知他是一家公司的副總經理，主管財務三十多年。五十九歲提早退休後，成為全職傳道人，服侍對象乃由華人學生、醫院貧病轉到新澤西州的監獄受刑人。

算來他在華人教會服役二十多年，其中三年多我們有福份受惠。三、四年之久，我們只知道有那麼一位愛神愛人全然可敬的長者。他是何許人，我們不聞不問不知不覺，要等三、四十年後才偶然發現原來如此。單單這一個事實，便夠我玩味一生。

望。梅。小。史

一位朋友的女兒中學畢業。慶祝宴上，聽到她跟兩個比她稍長的女孩說：

「我看吶，小孩中我是最後一個囉！」言下之意，父母圈中，此類慶祝到這為止。

環桌一瞥，果然，這一桌老朋友，幾十年相識廝守至今，由結婚生子到今日，兒女輩中，最大的孩子都當醫生了，這小女孩確是圈中的老么了。

三位小姐接著談論大學生活的姿彩：兩位先進眉飛色舞的指點著新人大學生活之道，尤其使用信用卡的種種好處。父母們聽著翻翻白眼，交換著啼笑皆非、無奈其何的眼色。這種眼色是我們這夥人為自己下一代ＡＢＣ所專用。換言之，是曾經滄海之人對吃飽無憂米之輩、又羨又嫉又不以為然的表情。

不久之後，另一位老朋友、老紐約來電聊天，談起近年不少中國人迷上打麻將。其時還未流行老人為健腦而打的衛生牌，還是傳統式真材實料的麻將。我說，奇怪不奇怪？你不提起的話，我從來也不曾想起我們這兒好像沒聽過有人打牌呢，起碼我們朋友中一個也沒有。

我們全是苦學生出身，幾十年來，生活好像沒什麼大變動。不錯，從前不名一文，現在算是小康，但是勞碌慣了，也沒有什麼人能真正享受一點腐化。自己優閒不得、腐化不得不止，且都看不慣第二代漫不經心的灑脫，整日的釘著二世祖們，吩咐他們毋忘老子當年。紐約客聽著，在電話那端哈哈大笑，可以想像他們那邊的二世祖照樣耳根不得清靜。

不過無論如何，大城的人和小地方的人還是大有區別。聽起來紐約那邊的生活，不論今昔富貧，素來多采多姿，相形之下，我們這邊一切從簡從陋，就是時至今日，即使有二世祖的瀟灑，也玩不出太多的花樣來。

紐約有享受不完的世界級音樂會、博物館畫廊和飯館；我們這邊的小世界唯以兩大學府為主。世界級的有個猴子園（學術界稱「靈長動物中心」）。紐約同學聽見我最大的野心、最大的樂趣不過是忙完一天，晚上心安理得的坐下享受一本好書，連聲抗議道，做人做到這地步撒手也罷。

井蛙

談到我們這邊的國吃，老朋友聽著我的敘述，更是噯呀噯呀的大驚小叫，勸我快快來紐約，她好帶我出去見見世面。我搪搪塞塞沒有太多動彈的誠意，她認定了我是一隻自甘墮落的井中蛙。

其實我一向不都是這般自暴自棄的，我敢相信那癩蝦蟆也不是頭一天入井就安窩樂道。那隻熬出了名、熬到由兩棲淪為一棲的動物擔保是隻老蛙僑，說不定由蝌蚪時代入甕，無所事事便開始張望井上的一線天，發現雲彩雖小，卻也不停的變遷，時而像隻伸頭伸腦咕咕叫的活火雞，兩秒鐘之後就烤好了，擱在一個美麗的盤子上，正要下刀的時候，牠突然伸一個懶腰，又變成了一隻掛爐鴨，如此這般望了一輩子望出了味道，居然樂在其中，這才終於不識抬舉懶得出井了。

年輕時，我們也的確有過開車四、五小時為的是吃頓中國美食的記錄。那時還有躍井的雄心和魄力，主要原因是餓。這種今今昔昔的演變，不是嬌縱慣了得來全不費功夫的大城居民所能領會。

話從頭說，六〇年代我們新婚剛到此地的時候，別的不說，連只中國飯鍋都沒有。事實上那時候，友好之中全體合共亦只有一只電飯鍋，是一位同學的母親用以裝載著皮蛋等好東西由台灣剛剛寄到的。皮蛋破了，熬到旅途之終，發出陣陣異味。大學郵局忍受不了，清晨六時便派專人來敲門，捏著鼻子特別投遞。那時治安還的確天真，未聞毒品未聞信彈，連臭蛋的隱私都得著尊重，居然沒有任何審問。

其時兩個大學城，中國飯館合共亦只一間，老闆是一位中年女士，在老華僑丈夫去世後，獨力支撐著業務，我們全體中國人都稱她為伯母。伯母個子小小，眉清目秀斯斯文文，有時還旗袍搖曳，不是燒飯給人吃的模樣，不久飯館便無疾而終。

事實上，那時不止中國人事希罕，小城本身亦整體落後。今日已習以為常、咱們的國際機場通巴黎達倫敦，很難想像當年也不過是一間小小的建築，屋頂上舉著一個煙囪模樣的東西，遠望不過是一隻港澳渡輪的氣派而已。中國同學碰得上頭的不過十來二十個，已經包括了兩間重點大學的同學了。二校二城相隔只八里，人人相等的窮、相等的餓，大家在團契裡相遇，十分團結，有無相通。

甲校某同學車禍，傷勢不輕，傳聞頭像木乃伊那樣裹著綳帶，咀嚼維艱。乙校二位同學便不辭勞苦開車遠征到美國軍營所在去買豆腐拿去慰傷。那時唯一的東方食品只有在軍營附近售賣。小店是美軍的亞裔新娘眷屬所營。

二人小心翼翼端著豆腐去奉獻的時候，沒料車禍同學端坐於彼，狀況驚人不錯，綳帶間露出一雙眼睛，但是居然聚精會神地在為自己包雲吞。豆腐買不到嗎？包洋葷而吞之。窮則變變則通，國寶一枚。

今日豆腐到處是，連洋人都在吃，其他唐食亦不希罕了，中國飯館甚至已到達了飽和，布斐（Buffet）吃得中外人士都死去活來。與大城美食相比雖然仍望塵莫及，但畢竟早過了饑饉時期而漸上軌道了。

這些年間，中國人自然更是人口激增：職業貴族教授學者習以為常，學生自然也永遠新陳代謝源源不絕與日俱增。但是奇怪的是，人多了反而碰不上頭，相逢亦不相識了。加以人人來處不一，貧富不等，不再是我們以前那種患寡不患不均的大同世界了。

贗品之珍

當年有的是勁，缺的是錢，「價廉」是萬事的先決條件，這點不成問題，尤其是吃，只要動動腦筋，沒有人會餓肚子。「物美」則是另一回事了，因為大家都不會煮。慢慢不知是誰先發現，火鍋可以藏拙而且吃起來熱鬧，於是好一陣子大夥兒便都是火鍋來火鍋去，最後居然擴大到在團契聖誕晚會中舉行。那時我們的小世界已增至三、四十位同胞了。

團契火鍋晚會，服務人員一早便去佈局，擯來了三張長桌擺妥了三十來把椅子，每隔六、七個位置便放上一只電鍋。電鍋是西式淺口大炸鍋。自從發現此種鍋子的火鍋妙用之後，誰人結婚，大家都合夥贈送一只，是一種祝福也是一個暗示，不久電炸鍋幾乎成了人人必備的嫁妝，所以一叫起來並不難招募到四、五只如此鍋子應付聚餐之用。炸鍋眾多，電線電路便複雜，但我們都有條不紊的接駁妥當，用膠紙固定貼妥。

當晚食客一到，看見已經冒著蒸氣的鍋子，一盆盆綠油油的生菜，一包包油炸豬皮，無不興奮得叩檯叩凳鑼鼓喧天。那時市上尚未有什麼大白菜小白菜。菠菜包在真空玻璃袋裡，太貴。生菜是唯一選擇。油炸豬皮則是美國人的零食，像炸薯片，是咱們得意的發現，滾在湯中可以冒充魚肚，是火鍋贗品之珍。

大家坐下開動，正在生菜來豬皮去的傳遞著、吃得呼啦啦的當兒，不料突然之間全屋盡墨，剎那鴉雀無聲，全體聰明人馬上領悟到是闖了禍，是電路不勝負荷、給咱們的火鍋團消化無疑。定了定神，大夥便摸黑四出尋找拯救，無奈總摸不到門路。我們的外交代表急得直怨出這些火鍋鬼主意的人。難怪，因為黑狗貪食白狗當災，其他人只是掃興，只有他一人必須硬著頭皮漏夜去向美國教會自首道歉，承擔國恥，人家次晨主日崇拜，遲一天報告都不行。

這一階段之後，大局漸有進展，中國飯店開始萌芽，不久，兩個大學城各誇一兩間頗有模樣的館子了，只是不論老闆和掌廚都以書生為主。

那時中國大陸剛剛開放，一日忽聞某店有國產黃魚空運而至，大家十分興奮。我們自是非嚐不可，捷足先登跑到飯店，叫了一客紅燒。青蔥冬菇絲肉汁淋漓之下，一條魚俐落的躺著。許久沒見一條連頭連尾的全魚了，自己燒出的冰凍洋魚又從來體無完膚，看見擺在面前這尾傑作，由衷歎服，雖然同是書呆子出身，怎麼人家就是技術不同，居然能弄得出這般乾淨完整色香俱備的一條魚呢？不料，等到開動時才案情大白：原來完整確是不錯，乾淨就不見得了，魚只是刮了鱗而根本忘了殺，肚皮之下五臟俱全，是名副其實的一條全魚，天衣無縫。

嗟來之食

又這樣過了幾年，比鄰大學城傳來了非同小可的好消息：某飯店周末要開始供應廣東點心了。大家自然又魚貫出席。這家飯店我們算是老主顧了，所以招呼還不錯，但是這次點心之訪坐下等了很久卻遲遲不見有人遞上菜牌，擺手叫了一位工作人員來詢問。

「你們不是來吃點心的嗎？」他說：

「點心沒得點的。等會我們煮好了就會送到你們檯上來，我們送什麼你們便吃什麼。吃夠了便通知我們，OK？」

等了半天，一客號稱小籠包的東西姍姍而至，再等半天，第二客一模一樣的東西款款跟隨。八只小籠包像透了八只話梅，作為話梅算得上精選，作為小籠包就認真小人國了，也像話梅一樣越吃越餓。

幾翻折騰之後，大家有點灰心。好一段時間我們一夥十多家朋友便決定不再作無謂的奔波，老老實實自食其力算了。這批「酒肉朋友」的友誼反正一向都以食維繫：幾十年來，由添丁分紅雞蛋、病中送食、天災停電分吃罐頭，到兒女畢業、到紅白大事無不以吃為記、以吃相助；今後索性有事無事，三兩個月各自攜菜相聚一次，代替了東奔西跑的撲空。

這個時期是大夥切磋琢磨的試驗階段。有人發明雞湯焗感恩節火雞；有人發現冰凍奶油蛋糕，澆以大量波多黎各甜酒之後，效果可以比美香港某店的西點極品；又有人試驗將洋人的千層麵包生麵團拉長，炸成油條等等，成績意內意外不等。這些年間，大夥最興奮的事，莫如有大埠好友攜食來訪，或是同儕出征大城歸來，帶來了點心，帶回一包包滷水雞腳鴨腳，招集大家來啃嗟來之食。

好一段日子，每年聖誕前夕，我們這夥老朋友亦必然餐聚。長久以來，早已例定俗成，大家年年保留這一晚聚到同一人家府上。當初宴會新興的時候，因為孩子們還小，家家攜菜之外，還帶禮物交換，替孩子們增加情趣。年復一年，孩子逐漸成長，一個接一個遠走高飛，剩下的都是大人老人了，本應意興闌珊，禮物交換更是免了免了，但是剛剛相反，大家天真慣了，興致勃勃不減當年。

並不是禮物交換可以撈到什麼好東西。事實上，老朋友們都十分隨便：禮物者，年年人人翻箱倒櫃尋找雞肋，己所不欲施於人而已。一家用不著的東西，別家未必也用不著，用得著用不著，每次總能收到盡興而歸的結果。

蘑菇蘑菇

有一年聖誕，意外來了一位外州客。客人住在比我們更為偏遠的另一埠仔，由紐約唐人埠辦貨滿載而歸，行經本市在朋友家中歇腳，巧逢其盛，便被拉來參加我們的熱鬧了。同是埠仔淪落人，她了解我們的飢餓，便慷慨獻出一盒精裝精選超級日產大花菇作為交換的禮物。

我們禮物交換的規矩是這樣：一人抽一個號碼，依數目順序在聖誕樹下自選一包禮物，即選即開，開後才交換。比喻說，五號打開了禮物，卻較為喜歡二號的那一包，他有權向二號索換。換言之，抽到的號碼越高，換到合意禮物的機會越大。

不用說，那天人人必爭的禮物就是那盒花菇，其間搶搶奪奪，喧笑震天不在話下。輪到丈夫時，花菇已轉手不下二十次，其時樹下亦僅餘最後兩包禮物了。丈夫不加思索，隨撿其一，根本懶得打開，便馬上遞給了花菇現主強迫交換。花菇轉手後，原主怏怏打開塞來之禮，〈細說新語〉一本，中英對照。

拿最後一包禮物的是個小伙子，不要花菇，要別的，就這樣，寶貝便落定到我們手中。

正在洋洋得意，不料朋友們不服氣，群起大呼冤枉，都說陳詠這書呆子，拿本〈細說新語〉差不多了，花菇給她家拿去，簡直是暴殄天物。繼而三家廚藝不凡的太太們聯手向我們進攻，要將她們三份禮物換我們一份，並且答應她們瓜分冬菇回去燒好之後一定請我們愚伉儷分享。三份禮物——〈細說新語〉一本、男拖一雙、老太婆心口針一只，本人均無動於衷，但是不動手就有得吃的引誘，我是絕對無力抵抗的。正要將花菇交出，不料別的朋友卻又替我們打抱不平：

「你們別欺負人，」他們七口八舌的護衛我們說：「冬菇多笨的人都會煮……陳詠你回去買幾罐雞湯，隨便燉燉就不知有多好吃了，就這麼容易，有什麼大廚不大廚！」

這時廚房突然傳來呼喚聲，要我進去一下。踏入廚房，但見主婦人家前仆後仰號啕大笑，站她對面是最後禮物得主小伙子的母親。這位母親，大埠出身，唐食常識極豐。

「寶玲說呀，」主婦指指大埠朋友笑不成聲的說道：

「我們真傻，花菇是生蟲的啊！」

「不然你想想，」寶玲接著說：

「我兒子最後一碼為什麼不拿冬菇？因為我跟他講，盒子不夠墜手，重量不成比例，十之八九是生蟲。包裝那麼考究又那麼輕身的一盒冬菇，只有你們埠仔鄉里會去買，唐人街阿伯見到你們就開心了！」

我聽了半信半疑：透明膠罩之下，名貴冬菇一朵一朵，明明完整，無瑕無疵，果真可能如寶玲所言？一時好奇心大作，當晚若不揭曉，我肯定難眠難休，於是當機立斷，決定絕對不換。但是鑑於奉獻冬菇的慷慨朋友在場，冬菇若有個三長兩短，自然不宜在她面前大張鑼鼓掃人之興。

回到家中，我急忙開盒檢查，蟲倒沒有看見，但冬菇反過來一看，卻是一頂一頂的空帽子，一捏便成粉末。三、四十頂中，六、七頂還完好無缺，救出之後，用罐頭雞湯稍燉，挾起一頂嚐嚐，帽子嚼在嘴裡好似海綿，不妙。但是為什麼看不見蟲呢？我後來請教寶玲。蟲啊，她說，老早變殭屍了，那些咖啡色粉末就是。分不清她是講真還是講笑。

無論如何，大夥由聖誕笑到新年，陽曆新年笑到陰曆新年。尤其曾經鬧著要跟我們交換禮物的三位太太，一提到愚夫愚婦那盒冬菇，更是條件反射一般樂得呵呵呵的直不起腰來。

我則不止面無羞色，且甚為榮幸，以其被天選中而降寶物於鄙人也。花菇生蟲生得好。新鮮靚花菇多的是，大快朵頤飽吃一頓也就完了，何奇之有？唯有咱們這一盒空帽子才是無價之寶。請問你到那兒去找得到一樣東西，可以讓一群大人老人一夜之間返老還童，笑聲繞樑三月？當然，除了寶物一盒之外，還得有我們小城居民地利人和的配合，所謂對症下藥。換言之，同樣的寶貝若是落在大埠居民手中，肯定功效相反。

所以下次我的紐約同學再邀我去見見世面時，我想，我仍舊是蘑菇蘑菇，一來懶得行動，二來我們已養就了一副井蛙之樂。我們看我們的二世祖、看大埠朋友的應有盡有，得來全不費功夫，反覺他們才真沒見過世面呢。好比傳說中的某位大人物，見人打籃球，說道，球又不是很貴，為什麼不一人買它一個呢？那不就不必爭了！

大埠人有所不明、二世祖也有所不知，原來望梅止渴才是美食美境的高峰。這是我們小城老蛙僑的經驗談，幾分阿Q又何妨？福不由己仍是福。

在這歷史階段行將從記憶中消失之前，想想應為自己留下幾筆素描以資記念。

土。耳。其。之。旅

憑弔蘇非亞——土耳其之一

土耳其的古城伊斯坦堡，歷史二千六百年，前後曾三易其名。頭一千年叫拜占庭（Byzantium），次一千六百年稱君士坦丁堡（Constantinople），現名伊斯坦堡（Istanbul）沿用不到百年。伊斯坦堡又有不少人誤稱伊斯蘭堡（Islambol），以為是具有伊斯蘭教意義的名稱，其實伊斯坦堡不過是當地人民沿用已久的君士坦丁堡的一個簡稱。

伊斯坦堡是希臘羅馬文化、基督教文化、伊斯蘭教古典文化，三大文化主流的承繼人。

一千年之久，伊斯坦堡曾是基督教文化拜占庭（Byzantine

Empire，又稱東羅馬帝國）的國都。

拜占庭衰亡後五百年之久，又是伊斯蘭教鄂圖曼帝國（Ottoman Empire）之京城。

如今鄂圖曼、拜占庭兩個曾經橫跨歐亞、雄霸一時的堂堂帝國早已大江東去，雙雙變成博物館中的陳跡了。而街頭巷尾的凡人更是只知道，「鄂圖曼」是一把厚墊矮凳，用來撬腳最舒服。當年叱吒風雲、遠近畏懼的皇朝，如今是一把矮凳的名字。「拜占庭」呢，更有意思，今日竟是「詭計多端，層層疊疊，九曲十三彎」的形容詞，原來這也是千年文化的結晶。

競賽所羅門

無論如何，今日土耳其雖不再稱雄，伊斯坦堡亦不再是帝都，連國都也不是了，但古城遺跡仍然輝煌。伊斯坦堡無處不是古跡：羅馬城牆羅馬水道橋，拜占庭聖堂聖畫，鄂圖曼市集故宮和寺堂，全城根本就是一個露天博物館。

對我來說，城中最能刻畫歷代滄桑的是聖蘇非亞大教堂（Hagia Sophia，亦即「神聖智慧堂」）。

聖蘇非亞原建於第四世紀，拜占庭帝國新興之初，也是基督教合法化之後不久的事。

三百年來受盡苦難，如將宰之羊終日被殺的基督徒終於獲得了法律的保障，那種雀躍之情，非過來人難以領略。據古時旅人報告，當時的君士坦丁堡，街頭巷尾，上上下下無不在熱烈的談論著聖靈、重生等等基督教教義，令人嘆為觀止。

可惜這個信仰自由不是沒有代價，教會從此掌握在皇帝手中，政教逐漸合一，「君權神授」成了最顯赫教義，皇宮便取代了馬槽。

聖蘇非亞大教堂也是皇帝所建，曾二次焚燬。今日舉世馳名的經典傑作是第六世紀，查士丁尼一世（Justinian I）全面重建之後的風貌。第六世紀當然就是拜占庭帝國如日中天的時代，好比我國的漢唐盛世。

比起日後莊嚴肅穆高聳巍峨的哥德教堂，聖蘇非亞顯得寬廣平易近人。淺淺半圓頂，像包子一般，一個疊一個，漸疊漸高，疊到最後，冠以一頂瓜皮帽也似的圓頂。

由堂內仰觀，藉助一圈數十個拱窗所瀉入的日光，殿頂高懸頭上，輕盈復莊嚴，像月夜的天空，令人油然生出敬畏之情。怪不得教堂修成之初，查士丁尼得意忘形，在堂內高呼：

「所羅門，我賽過你了！」

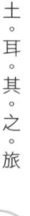

「賽過你了……賽過你了……」史載堂壁堂頂回聲數疊皇聲始滅。自查士丁尼後，「君權神授」又進了一步，教權君授，宗教國管。

做皇帝的人有時真令人氣餒。查士丁尼還是一個名見經傳的基督徒呢，為什麼好像不知道，所羅門極榮華的時候，還不如野地裡的一朵百合花呢？

對野地之花不去研究的人，看來遲早會出毛病。

聊齋色彩

「君權神授」加上「教權君授」的自然結果，便是「君者神也」。以己為神之君，免不了對自己越來越尊敬；外國使節來朝規定三跪三叩；為留名，為自歌自頌，全國大興土木揮耗國庫。

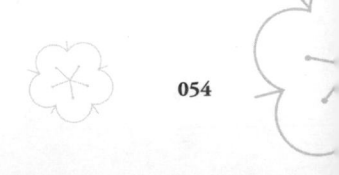

信仰同時逐漸變質，舉國上下迷上星相、邪術、占卜夢兆。本來是一個心靈信仰的基督教，淪為莫名其妙的亂拜。基督十字架上一口釘、荊棘冕上一根刺，聖母馬利亞身上一件衣，統統成了膜拜的對象。

此行，我們在鄂圖曼故宮的展覽櫃中，看見一隻包銅、連著前臂的人手，並嵌著寶石、巴掌大的人頭骨，據稱是施洗約翰的手和天靈蓋。伊斯蘭教嚮導（伊斯坦堡大學一位教授）說：「教皇還發了證書，擔保是真品哩！」一面向我們打了個俏皮的眼色。

世事想想亦悲亦奇。後來的唯物偉人列寧等人的遺體得以保存，相信還得歸功於拜占庭膜拜先聖遺件的聊齋傳統呢。俄國畢竟有近千年之久也是以拜占庭的東正教為國教。拜占庭末代皇帝與國同殉之後，他的俄國皇婿伊凡三世還自稱繼承岳父的帝位呢。這是題外話。

話說拜占庭朝野上上下下盛行占占拜拜，宮中情形更為複雜。皇帝皇后、太監神父勾心鬥角爭權奪利，殺敵殺友。千年帝國共八十八位國君，其中十三人逃亡，二十九人崩於非命。難怪「拜占庭」在字典上是形容「詭計多端彎曲層疊」。

以上這些非同小可的熱鬧連綿不斷的時候，拜占庭名義上仍以神為首，銀幣上還印著加冕的基督；軍隊出征仍以十架領頭，一如開國元勳君士坦丁一世以十架為號大獲全勝的當初，然而國運已是日益敗落，首都君士坦丁堡亦隨國運而衰微。十四世紀中葉，黑死病更奪去城中三分之一的人口。曾經百萬人口，歐洲最輝煌的都會，如今剩下區區十萬市民。而皇室的破落，亦已到達用玻璃代皇冠上的寶石，以顏料漆在皮革上冒充錦繡。

貓頭鷹打更

終於，在一四五三年，君士坦丁堡被土耳其十五萬大軍圍困。

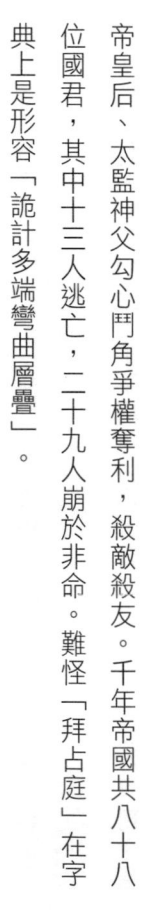

城中壯丁，包括寄居的外國人在內，全體出動亦不到八千之譜。寡軍敵眾，奮勇護城，居然也支持了七星期之久。七星期後，人稀馬疏瀕臨崩潰。皇帝深知國運垂危，向神認罪，向臣僕認罪、道別，準備殉國。素來你死我活的教派、神父信眾，到此山窮水盡之時，已無力再分彼此，全民、連剩餘的守軍，舉著聖旗聖像聖架在聖蘇非亞堂中哀禱求救。

此是一四五三年五月底一個深夜，聖蘇非亞堂中通宵達旦的禱告，也就是聖堂中最後一次的基督教儀式。

也是當日，敵軍在七星期徒勞無功的苦攻筋疲力盡之餘，偶然發現君士坦丁堡城牆上一道忘了關閉的小門，喜出望外，遂擁門而入。

守軍四面楚歌，但仍奮勇抗戰，在破口行將被堵住的當兒，不料大將受傷，竟然堅持要人立即扶他離陣，皇帝苦苦求他留守亦無濟於事。將領退陣，軍心消化。城亡。

相傳末代皇帝君士坦丁十一世陣亡之時，手上仍緊握著衛城的劍。皇帝的屍首始終不曾尋獲，但他最後的忠勇，為殞落的拜占庭留下悲壯的最後一頁。

城被攻克後，鄂圖曼大帝穆罕默德二世入城巡視，君士坦丁堡荒城一片，滿目淒涼，征服者不禁引詩長嘆：

凱撒宮中蜘蛛紡簾
阿查賽亞塔上貓頭鷹打更。

二千年前，另一個輝煌古國巴比倫傾覆於一夜；二千年後拜占庭。一個偶然？一扇小門？一個不肯忍痛負重的將軍？還是一個無可抵擋的必然？蒼茫大地誰主浮沈？

聖蘇非亞，星期二最後一次基督教儀式。星期五，堂中聖畫已被石灰塗白，勝利軍在三日例行搶掠之後，亦全體聚集聖蘇非亞向阿拉謝恩。

聖蘇非亞，頭一千年基督教堂；後五百年，伊斯蘭寺。如今聖蘇非亞已劃為國家博物館，原來的東正教聖畫亦已洗滌復出。

站在聖蘇非亞殿頂之下，仰視堂頂及四壁與古蘭經句互相輝映的聖畫，追想五百年前，五月廿九日，那個回頭無岸的深夜，不知是一個怎樣悲絕的日子。

但是五月廿九是個仲春之日，在賽過所羅門之殿見棄的日子，野地的百合花還是欣欣向榮。

聖蘇非亞——「神聖智慧」。一千六百年之久，這個名字未曾因為換朝易代而變更過，不能不說是件奇事。

步出聖蘇非亞，耳邊傳來彷彿哀號的聲音。

「那是伊斯蘭教呼召信眾禱告的喊聲，」嚮導教授向我們解釋：「四方的尖塔看見沒有？那就是我們的禱告塔，塔上一圈欄杆處就是呼喚者所站的地方。」

伊斯蘭教禱告塔，伊斯坦堡滿目皆是，教授宣稱超過一千之譜，塔塔挺挺直立，像雕刻的蘆筍，又似削得很尖的鉛筆，倒插入雲。

我隨著喊聲在各欄杆上尋找司儀，但總尋不著。

「我們早不用人了，」教授解釋：「現代化嘛，如今是用錄音帶了。」

有日連回應也用錄音帶才真叫精彩。

賓至伊斯坦堡——土耳其之二

像任何一個古城，伊斯坦堡的古、今好像完全脫節。過去的榮華滄桑像跟現在的市民扯不上關係，除了因為古跡多，遊人眾，自然帶來了一定的繁榮。

不然，伊斯坦堡滿街滿巷只是塞滿了車塞滿了人，尤其亞洲區（古城在歐洲區），像任何一個東方大城，街不大乾淨人不大乾淨，雜草自由滋長，一切非常熱鬧。空氣香臭夾雜，一會兒是魚腥味，一會又像是五香粉，五香又夾羊味，不一會又聞到了玫瑰露，玫瑰露又夾著魚腥。

伊斯坦堡的香、臭、吵、亂之中，最令人嘆絕的是街上的電線，像沸水中胡亂撈起的一瓢意大利麵，凌亂不堪，一堆一堆的由此牆掛到彼牆，連綿不斷，家家戶戶卻亦燈火明亮，證明意大利麵是亂中有序。如此絕頂的凌亂卻沒有搭錯線，不能不說是一項天才。

伊斯坦堡人民更是我所見過的人中，最活潑、最不怕生的。

在聖蘇非亞的庭院中花叢前，遇見一個三、四歲女孩，坐在地上磨來磨去自娛。我跟她擠擠眼睛，她不止不馬上飛奔過去找媽媽，反倒側著腦袋瞧我，幾分撒嬌的模樣。她那稍微捲曲的栗色短髮下，一雙大眼睛又黑又深，看不見底似的，像極了拜占庭聖像的雙眼。

不一會又來了幾個男孩圍著我們問：「日本人嗎？中國人嗎？……歡迎，歡迎來土耳其！」

我們不論何往，都有各色人物湧上來要賣東西給我們。我不稱他們為小販，因為許多只是十歲八歲的男孩。孩子的貨物不多：一兩本風景冊，十張八張風景片，一兩筒半尺直徑的大餅（這似乎是很流行的零食，公園中人手一塊），或是幾串叮叮噹噹戴在額上的裝飾。

伊斯坦堡的男孩似乎有兩種打扮；無憂無慮的穿T恤衫褲之類，

然後從商的大多穿上西裝。西裝雖然不挺，但到底是西裝，一副很敬業的模樣。

我問教授，怎麼孩子都在賣東西，為什麼不需上學？他說土耳其學校不夠，分上下午班上課，所以小孩總有半日空閒。看滿街這許多孩子，家課一定也不多。

老鷹、新娘

城中風景點，莎米利卡山頂，居高臨下可以鳥瞰分佈海峽兩岸的全城景，以及橫貫兩岸歐亞二區的大橋。山頂是個古老的小公園。地上是幾百年前的砌石，園中幾間小亭，幾叢時花，幾輛天方夜譚模樣的馬車加馬夫，幾棵大樹。樹腳多圍著十來張幼稚園式小矮凳，蹲坐滿了歇息的大人。

人物中最引我注目的，是穿黑袍裹黑巾、只露出閃閃雙眼的伊斯蘭服婦女。這種老鷹般的打扮雖似恐怖了點，但想來也有無數好處：美人可受保護，醜婦可保秘密，美容院、服裝店可以關門，街頭流氓會減少，警察相應亦可減省幾個。

嚮導教授卻不以為然，斜著眼睛看老鷹，根本不承認她們是同胞，說她們是沙烏地阿拉伯等外地人，可惜我無法驗證。書上明說這些是本地人呢。

「我們土耳其雖是伊斯蘭教，但卻是開明的伊斯蘭教，」教授說：「女人早解放了，比男人還凶！」

無論如何，嚮導隊伍中確有不少女性，分明受過良好教育，口齒伶俐知識豐富，英語尤佳，比起教授並不遜色。

星期日的山頂公園還有一景，就是絡繹不絕的新娘車。

新郎新娘西式打扮，但有一點分明和咱們中國人相似；一身純白總有點不放心似的，新娘於是拿紅花、束紅腰帶，襟頭還別著兩三張鈔票，像幼稚生別手帕的模樣，這些點綴，無疑是為中和一身的洋素服吧。

薄荷茶

我們遇到的土耳其人，似乎不論男女老幼都能操一些普通英語，可能因為「全民皆商」、要向遊客進攻的緣故。我稱他們「全民皆商」並不過度，因為所到之處，所遇之人，好像沒有一個不在向你兜售東西，甚至連教授也不例外。

我們最後一站是「大市集」。未放我們自由趁墟之前，教授把我們帶到大集入口外的一家地毯公司，宣稱去聽課。

一進門即有兩位西裝友笑臉相迎，哈著腰把我們領到樓下一間小廳堂。廳堂一端堆著不少捲起的地毯，四壁靠牆則是一圈板凳供人圍坐。

客人坐下，講課老師即宣布有三四樣飲品任君選擇。選妥後由使女以小巧玲瓏的玻璃杯逐一奉上。我選了土耳其薄荷茶，淡淡的幽香，果然別有風味。

茶水之後上課

老師在中央，講述地毯的歷史、地毯的圖案，每講到一點，即有大漢一名（共四名）把樣本毯捲霍然展開，像中國人查啦一聲打開摺扇一般的純熟。開捲地毯繞場一周示眾，示眾完便平鋪於地。週而復始，半小時後，廳堂中間各個客人前面都鋪滿了五光十色的地毯。

毯上一草一木、一花一鳥一圖案，不只反映了一個民族的故事和信仰，也耗盡了無數少女的青春。地毯精細之處要一百幾十小時才織出個一吋半呎，且只有少女才有足夠眼力去編織。眼睛因過度的專注而流淚，幾年之後，眼睛便不再管用了。

這些傳家寶級的地氈據稱年年漲價，是大好投資。我撫摸著跟前一張柔軟至極、紅黑兩色、小羊羔毛所織成的精品，嬌小的籐籐花花曼滿一地。

「我們的課到此為止，」老師宣布：「大家要買地毯這是千載一時的機會……」

說時遲那時快，幾個大漢不知何時已是人手一筆一簿的迎來，準備替大家寫發單並記下郵運地址。我嚇得馬上將手縮回，因為聽過不少大鄉里入拍賣場，一失手成千古恨的故事，說是不諳內情暗號的人，在一抓頭一搔耳之間便買下了一百幾十萬元的東西還不知覺。

我們一隊人離開地毯公司後，好一會兒大家都失去了抬頭和講話的能力，可能都像我一樣，因為未買地毯而巴不得將剛才人家款待的名貴飲品挖出來跪地奉還。

惱羞自必成怒。不一會，大家的嘴巴重新靈活時，便七嘴八舌的罵土耳其商人手段高壓。

陳詠，你好

由地毯公司出來，僱前幾步就是「大市集」。進口大門有好幾層，圓拱、石砌，一層復一層的引進一條街廊，廊頂也是圓拱，有天窗引進日光。廊道兩邊的店舖一望無盡，亦各有圓拱大門。

市集已有五百年歷史，店逾數千，家家燈火通明，貨色閃艷，有大銅茶壺、各式銅器玻璃刺繡等等。食物方面以烤肉串、包肉包羊乳酪的千層麵包為主，還有著名的土耳其糖，名曰「美人唇」、「美人肚臍」。

大市集的廊道熙熙攘攘擠滿行人。我們選廊道正中行走，因為兩邊店門均立著哈腰店員，招客入店。完全不理他們又辦不到，點頭微笑一千次又不夠精神，所以便迴避在路的中央。

不料，躲過紅海，又有追兵。廊道上也佈滿了小販。一會兒有刷鞋童抱著你的腳，一會兒又有額飾小販在你耳邊搖叮噹，猛一轉頭又有人為你吹簫。

我們目不斜視，抱頭直竄。

「陳詠，你好！」突然有人喊我。抬頭詫見一個小販停在跟前，懷中抱著一束烤肉銀棒，形如鄂圖曼劍。見他雙眼盯著我的前襟，才記起我帶著團隊的名牌。

「日本來的？中國？啊！……阿美利卡！……阿美利卡！……我最喜歡阿美利卡！」

土耳其的小販真是一絕。但我必須指出，他們個個活潑友善，有無比的毅力，無不是笑嘻嘻的，也從來沒有看見他們咒詛任何一個費盡唇舌仍不為所動的客人。

回程車上，有人問教授，土耳其人源發何地？教授神神秘秘的答道：「中俄之間。」

這到底是個地理答覆，人類學答覆，還是一個哲學的答覆，還得慢慢去研究。

奴。伯。拉。蘇。必。力。茲

我的雙親是大學時代的同學，因此他們有許多共同的朋友。除此之外，他們又有各自的私交。母親的幾個朋友是她小時候的同學，父親的則多是社會人士。

這後兩營人物的差別相當的大。母親的朋友平凡樸實，隨時進出我家，我們不必梳頭洗面恭候。不需洗面並不表示可以目無尊長，不敢，因為她們等同親姨，有權亦有責任意修理我們，義不容辭。我們一律心存敬畏。父親的朋友則剛剛相反，不論文武都有點名氣，見面有一定的禮節、一定的衣裝，但是我們私下都不敢恭維，主要因為我們自認比他們的兒子們高明得多。

十足國貨

說也奇怪，爸爸這批朋友的兒子、我們的世兄，大多痛恨讀書。他們的父親越是威風，他們就越是考不進學校，就是進去了也不大升級。因為當時好幾間學校的校長恰巧都是父親的同學，順理成章，父親便是經常忙著替這班人張羅，講人情入學、講人情補考等等。爸爸並不覺有何不妥，反視為朋友之間應盡的情誼，義不容辭。因為同樣的，如果我們姊妹需要當兵，就算明明不夠斤兩，這些世伯也會想盡辦法將我們勉強納為部下的，彼此彼此，也是義不容辭。我們亦認為是理所當然。

如此這般，我們尚在家鄉的時候，爸爸似乎經常都在忙著替這人或那人寫信，爸稱之為「奔走」。後來我和妹妹來美求學時，爸最是遺憾的應是他不認得美國總統，連任何一扇卑微後門的看更人都不認識，我們從此要過著沒有介紹信的生涯，那無異於風雨中沒傘可撐了，想到我們因此隨時會傷風感冒甚至一病不起，痛惜之至。母親比較冷靜。對於父親的朋友，母親素來都有些保留，這次沒有了朋友，反而放心。

長話短説，身在美國的朋友還是想起了好幾個，不過不是撐傘型，是母親營裡的人物——母親啟蒙時代的老師、退休回國的傳教士，全都老得搖搖欲墜了。父親説，這是你們的師公師婆，理應拜見，義不容辭，於是我們便搭著火車東南西北繞道一番。後來我和妹妹打暑期工，第一次賺錢，父親又越洋叮囑，這位阿姨那位阿姨自小關愛你們（就是修理我們的那幾位母親的朋友），今年聖誕每人寄她們一些糖果金以示不忘。義不容辭。

回想起來，父親的人生哲學，總結一句似乎就是「義不容辭」。其實歸根究底，母親的何嘗不是，但是兩人的義不容辭可不大相同。

先談爸爸。舉一例，有一年打流行感冒預防針時，我先生排在本校教職員隊中等候注射。隊伍素來上至教授下至制服在身的打掃工人都是先到先排，同等輪候。那年校長湊巧排在我先生後面。萬多人的大學，不同科系的人自都各不相識，唯有校長，因是政要人物，大多數人起碼還是認得出的，可仍是沒有立正見禮、沒有寒喧的必要。

接受注射之前，姓名年齡健康狀況是要交待存檔的。輪到校長時，護士照例提筆詢問：

「姓名？」

「某某，」校長亦一如常人的回答。

「怎樣拼？」護士分明不識泰山。眾人暗笑傾耳而聽。

「K——」

「年齡？」

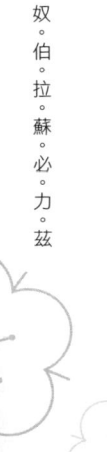

「五十六。」

我們這一代留美已久的中國人，早已習慣了此域作風，事後談起不覺什麼，間或還會幾分欣賞的笑道，美國即是美國。但這宗故事若是傳至當年我老爹的耳中，他一定會大不以為然。野蠻之邦，他會說，不分上下高低，然後會曉我們以大義。一校之尊，派個特別護士上門打針理所當然義不容辭；校長既來排隊，教職員連位都不讓，更不知規矩，如何為人師表？令他更加失望的是，連他的女婿都入了鮑魚之肆久而不聞其臭，居然也忘了大國禮儀，都不讓校長排到他前面去。

所以爸的義不容辭可以說是十足的國貨。爸是《水滸傳》、是《三國演義》的人物，因此他逼上金山之後，不服水土，不時就會無名火起。

學不學由不得你

母親沒有什麼國學底子，沒有爸爸那種君臣父子師生朋友忠義的架構。這並不是說她因此就沒有義不容辭的思想，事實上，她的義不容辭比父親的更加天羅地網，有時幾乎達到了咄咄逼人的地步——母親是一個無可救藥的義工，義不容辭。

小時候，國家在動亂當中，出入我家的人，好似很少等閒之輩，個個似乎都有任務在身，不是救國救民就是救文盲救苦救難救靈魂，有幾位阿姨且是穿著軍裝的，白衫白裙，領上配著紅色醒目的「救世軍」三個字。母親最敬佩這樣的人。但我家有九口人的起居要靠她張羅，母親雖然嚮往，自然沒有可能隨夥加入任何正規軍隊，求其次，便鞭策自己變成了一個無可抵擋的便衣後勤。

戰後的中國，到處都有很多收容國難孤兒的育幼院。我家附近就有一間。我童年最鮮明的記憶之一，就是大暑天，妹妹和我一人戴著一頂遮太陽的白底藍花寬邊布帽子，跟著媽媽到育幼院去同孤兒們做主日學，我們坐在頭排跟著院童們大聲的唱「……世上所有的小孩，無論紅黃黑白棕……」。給孤兒上主日學，給街童上主日學，替孩子們包禮物慶祝聖誕，當教會的主日學校長。這些是母親自己加給自己、比較正常的義工，此外她還有好些異常行徑。如今分析起來，該等行徑可能是熱心有餘而時不我與所生出的唐吉訶德作為。

戰時，我們淪陷區的家屋被徵用作日軍療養院，我家因此充積了很多的西藥，尤其醫治虐疾的一種黃色丸子。於是戰後一有窮人打擺子，母親和她的黃丸便會駕到。無照行醫，也是義不容辭。幸而那是中國不是美國，而且打擺子這碼事大概錯不了，沒有醫死人。

受僱於我家的工人，母親不管人家有興趣沒興趣，同意不同意，一律跟她上課識字，記得她還強迫過一個見譜色變的工人跟她學琴，因為這女子，母親教她識字時斷定，若有機會讀書會比我們任何人都聰明。母親堅信機會恩典都是託付，多得的就要多給，受而不施是白佔地土，無居留權。換言之，有機會受教育的人就有責任施教，學不學由不得你，義不容辭。

母親諸如此類的行為，我們已經見怪不怪，今天我們姊妹有時回憶起來，都禁不住搖頭好笑。但是笑也好，啼笑皆非也好，我們亦都已成了母親無可救藥如假包換的產品。我們的習慣，不論好壞，我們的神經質，我全部入母親的賬。

父親限於工作，和我們相處的時間，遠不如母親的朝朝夕夕，而且父母二人對我們的期望性質迥異，對我們的影響也是不同。正如一切熱血人物，爸對我們的期望有時很高有時很低，兩不著邊際。高得離了譜時，我們大笑出聲，不當回事，也稱不上什麼壓力。低的時候，例如考試前夕，心痛我們辛苦，爸便說，六十分就夠了，去睡覺吧。這也不能安慰我們，心領而已。

唯有母親，她從來沒有對我們表示過任何特別的期望，但她一生的唐吉訶德作風，她那種欠天欠人的心態，無形中滴滴溶入了我們的血液中，有生一日，我們是無法逃脫的了。我們繼承了她整套的坐立不安。有時我跟自己苦笑，到我最後一息僅存的時候，若是臨急需要交待此軀如何打發，要放在草坪園裡還是瓜田中，我一定條件反射不加思索的答道，瓜田！不可白佔地土，還可以肥田，廢物利用，暴殄不得！

斯文晚餐

如此胡亂奉獻，自然有商榷的餘地，但那種心不在焉的機械動作，倒教我想起一些美國經驗來。幾十年前，婦運史前時代，我在一間女校唸書，每逢星期三晚，我們就得吃一頓「斯文晚餐」。斯文之夜，女孩子們必須穿戴整齊（我們幾個中國女生多穿旗袍）才可進食。為著促進師生感情，該晚任何人想邀請任何教授闔府光臨都可，學校免費招待。如是者受愛戴的老師，拖男帶女每間宿舍輪流著吃，一學期下來，可以省去大筆伙食。

每星期三晚，校園裡二十多間宿舍餐廳，間間燭光晶瑩，餐食特別講究，不是海鮮便是牛排，制服筆挺的服務生在每桌旁邊站好了崗位，小姐們才雲鬢花顏的徐徐入席。餐後，大家復退到客廳，由舍監媽媽手中接過她為我們逐個湛出遞上的飯後茶。我們端著小巧茶杯微笑著細細的啜飲，輕輕的交談。這種「閨秀」訓練叫做Gracious Living（文雅生活）。

如此一星期折騰一次，所需人力物力自然非常可觀。於是廢物利用，一個不費吹灰之力就可成就的善舉便應運而生。正如美國普遍的機構和學校，慈善活動，例如捐血、救貧、救病、救飢等等，素來是必然參與的，我們學校自不例外。慈善自然需要募捐，我們的學生會於是想出一個絕妙辦法：Gracious Living的魚魚肉肉，一年數次以意大利麵代之。吃「克難餐」之夜，名正言順全體解除武裝，短褲球鞋各隨尊便，如此皆大歡喜之餘，同時省下一大筆盈餘膳費。一學期這樣放幾次假，便解決了好幾樣慈善工作所需，真可說是一舉數得。

這是不傷肌膚、不拔一毛而足以利天下的妙法，力有餘而心不在焉，和創校之初的心有餘力不足剛成對比。我校，正如美國許多古老的高等學府，當初都是建立在基督教信仰基礎上。好些學校諸如哈佛和普林斯頓，根本就是為訓練教牧人才而開辦的，後來經長時間的沖洗，才慢慢變成純學術機構。時至幾百年後的今日，大家不論有心無心，還保持信仰不保持信仰，當初的精神已溶入了整個學校甚至整個社會的傳統。法國政論家托克維爾（Alexis de Tocqueville）觀察美國，驚奇美國人樂助的精神，他甚至將美國的成就歸功於其宗教情操。

記得我在學時，學校每年畢業時節，都有校友回校團聚。校友大遊行的風景煞是好看：一隊一隊年齡不等的婦女，有的風華正盛，有的已經步履踉蹌，隊頭擯著班別年次，諸如1898、1928、1948等等，然後隊中又各撐著無數字牌，標榜班上值得炫耀的東西，例如出了多少個什麼什麼人材，嫁了多少個長春籐盟校的夫婿（婦解運動真不能說沒有道理！），還有一項流行的誇口項目，就是全班去年合共捐出了多少千小時的義工。

年前我們一個朋友需要開刀，手術前後冰雪交加，交通癱瘓，無人能夠動彈，朋友心急如焚，電問醫院是否可以改期。答道不改，鐵定仍然是次晨六時必須報到，但如果有困難的話，醫院可以代請四輪車（可在雪上行駛）義工依時相接，將她送入醫院。次日天未破曉，冰天雪地寒風刺骨，義工果然摸黑準時出現門前，朋友非常感動。這事之後，我才注意到每逢大雪清晨，電視上都會代醫院呼籲邀請四輪車車主自告奮勇接送病人和醫護人員來院。

不久以後，朋友半夜在菜市停車場給美國歹徒搶劫，凶險程度夠上報紙。美國的凶吉都領教過後，朋友還是津津樂道美國人的見義勇為。她在被劫之時雖是深夜，買菜的人全是剛下夜班急著回家的倦人，卻不乏停腳慰問前來幫忙的，最後還是一個這樣的陌生人開車將她送回家去。

總而言之，心在焉也好，心不在焉也好，反正這種慈善舉動已經成了美國社會的一種風氣。強者對弱者、健康對殘疾、富足對貧困、四輪車對二輪車，都有一定的義不容辭。

奴伯拉蘇必力茲

英文最接近「義不容辭」的一個詞語，照我看，是noblesse oblige。「奴伯拉蘇必力茲」源自法文，兩字分別的意義是「貴族」和「義務」，就是說尊貴身分的人、在高位的人，行事為人有責任與身分相稱，指光明磊落，慷慨仁慈扶助弱小等等，廣義即是有權利必有義務，與中國人的「義不容辭」相仿，但不盡相同，不只有所不同，有時甚至可能相互衝突。

「奴伯拉蘇必力茲」觀念中的「義不容辭」，所強調的不只是對別人的責任，更強調對自己特有身分之義務；換言之，是一種對自己地位的尊重。這思想近似保羅所說的「我們縱然失信，他仍是可信的。因為他不能背乎自己。」對方如何如何都不是關鍵，這「義不容辭」是對自己之所是的義不容辭。

有老同學因對朋友義不容辭而向你求情讓阿斗入學嗎？你身為校長卻又有你的責任非拒絕不可了，因為公平執行校政校規變成了你的義不容辭。別國虐待你的戰俘嗎？你不能因此就以其國之道還治其俘之身，因為你是文明國家，不能有背乎自己國格的行為。有人打你左臉嗎？有時就有人傻到連右臉也自動轉過去吃多一巴掌。歸根究底，這也是奴伯拉蘇必力茲所驅使。

聽說有些落籍美國的外國人，生孩子的時候跑到加拿大去生，為的是要替孩子取得雙重國籍。孩子到了服役的年齡，如果美國打仗，就宣告自己是加拿大人，加拿大打仗，自己就是美國人，萬無一失。這也是為人父母的一種義不容辭吧，卻是與「奴伯拉蘇必力茲」剛剛相反的義不容辭。

話說回來，這種萬無一失的算盤，是否也邏輯得太可愛了。如此純淨的利益，這樣俐落的世界。

不過，人生許多時是有意外的，意外得甚至近乎詩意。美國富豪范德標特家族一個子弟，買了船票預備搭乘鐵達尼郵輪由英回美，後來因事取消了行程，因而逃過了沈船劫運。數年之後，他又乘船由美去英。這次搭的是露西坦尼亞號，就是第一次大戰碰地雷而覆滅的露西坦尼亞。中國人會說這是命運註定，僥倖逃過了一次，老天爺還是不饒他。那也不盡然。這人倒不是非死不可；他之隨船覆滅是一個選擇。他將自己的救生衣讓給了別人。

人生許多時候，確是有意外的。誰知道，讓我們樂觀一點，母親義不容辭煞費苦心跑到加拿大去生的那個孩子，孟母三遷，果然德智體群樣樣超人，長大後，果然成了父母的光榮，反而自動地選擇了「奴伯拉蘇必力茲」，甚而步范德標特子弟的後塵。果真如此，母親當初的義不容辭豈不是全功盡廢了嗎？

不過，也不必過度的杞人憂天吧，「奴伯拉蘇必力茲」也很少是嚴重到關乎生死的。「奴伯拉蘇必力茲」甚至往往有其幽默的一面。

東西尚在冷戰中的七〇年代，一個名叫舒巴（J. Shub）的人寫了一本書叫做《夢魘中的莫斯科》。他說他在蘇聯的時候，無論去那裡都樂意通知他的僕人，因為他們有他們的苦衷，他們必須向秘密警察KGB交差匯報他的行蹤，那麼為什麼不乾脆告訴他們，讓他們活得輕鬆一些呢？奴伯拉蘇必力茲嘛！

憑。欄。處

朋友都說：你高血壓？看不出來啊，一點不胖，怎麼會呢？脾氣急？真的？也看不出來，見你不是時常都笑嘻嘻的。

所以最近在電話中跟一個朋友聊天時，我好奇的問道：你看我是不是做法利賽人做得很到家？我不時非常想賜同類、同胞、甚至同道一記耳光，但似乎從來沒有被看出來呢。

那自然是除了自己最親近的人。去年我家姊妹團聚。大姐說：老四的血壓現在是她最好的武器囉，我們大家都不敢得罪她。的確，曾有一次因為藥量沒調好，忽然面無人色幾乎倒地的威風，怎麼不把大家嚇得立刻將我當菩薩看待。我自己也樂得享受弱者的優勢。所以說，萬事都互相效力，什麼壞事都有點正面價值。

弱者是有許多優勢，往往不費吹灰之力便可以叫人無條件投降，勝過萬兵在握的暴君。比喻說，朋友都知道你有心臟病，跟你討論爭執時，你面紅耳赤開始氣喘，誰還敢據理力爭，持反對意見？怕你當場倒斃鬧出人命嘛。

李太太的死

當然，有時你的對手不是朋友，不是親人，那你就倒楣了。像美國故事〈李伯大夢〉中的河東吼獅李太太，在家威風十足：掃把一舉，甚至只消大湯匙一搖，連平素勇氣可稱中乘的家犬阿狼，都會汪汪叫飛奔逃跑。阿狼的主人，懼內的老李逃得更遠，投降投得更徹底，不在話下。

但是物極必反，長勝將軍也有失手的一刻。李夫人終於遇到了對手。有一天來了一個過路小販，外鄉人、陌生人，對李太太沒有認識，自然不會像她的家夫和家犬那樣訓練有素，不戰而降。小販與李太太討價還價，料是不肯干休，高潮之際，李太太一怒而斃。

李太太之死，死者算是有辜還是無辜？做丈夫的那敢投票。幸而老李吉人天相，喝了迷酒，一睡睡了二十年，免了需要表態的凶險。他是在醒來之後，才曉得自己已成鰥夫。嗣後李老先生自由自在繼續他昏迷之前未竟之志，就是無業遊蕩不受干擾。間中有人瞧見他仰天翻翻白眼，或是輕嘆口氣，卻誰也猜不出他是在悼念亡妻，還是慶幸解脱。

這個故事收在我們的中學英文課本內。幾十年後的今日，首次重讀，意想不到的精彩，一則不必查生字了，可以一氣呵成，二則年紀大了，發現不少前所未覺的情趣。

少時只知〈李伯大夢〉是個怕老婆的故事，如今再讀，捧腹之餘，復又發現字裡行間，人生誠然如此，的確是人有人、狗有狗各自

憔悴，無可奈何。娶了個河東吼獅固然不衛生，嫁了一個垂頭喪氣不務正業、最大抱負就是東坐坐西坐坐的丈夫，難道值得慶祝？家貧如洗，眼看兒子拖著老子的超號故衣，邊走邊要拉著褲腳，就像仕女拉著曳地裙襬一模一樣，能不疾首？再看看那條死狗，與丈夫同出一轍，閒懶成精，明明是牠主僕倆氣人太甚，看見旁人牠就搖頭擺尾，一瞧見你，立刻垂頭夾尾，一副恆久受難的無辜可憐相，你能不火上加油？

世上層層疊疊的故事太多了。不必什麼名家作品，往往只要張三李四一篇最普通的狀詞，就已多稜多角，不必多仔細去聽，也可發現不少無意的秘密。人之為人、世事之為世事，妙就妙在這兒，似乎誰也無法覺察，我們告狀的時候，往往也是出賣自己的時候。

袋鼠法庭

有一次談話之中，朋友對我說，你應該去修修課當個輔導。我說，你有沒有搞錯，我怎可能是個好輔導？我根本沒法有耐心去聽一個人喋喋不休的訴苦告狀，往往聽到十句八句，心裡就開始跺腳，因為發現對方起碼有幾分是活該嘛，怎麼這樣笨，一點自省能力都沒有，世上為什麼會有人這樣篤信自己的無辜、無原罪？這完全是違反理性，違反或然率，違反統計嘛，難為對方往往還是博士專家呢。倘若博士口沫橫飛到第十一句仍無閉嘴的形勢，我就真是很想送贈一記耳光，作為電療。這樣當輔導要坐牢的。

但是說認真的，年紀越大觀察越多，我的確越是發覺，世上無辜的人不是沒有，但不如當事人想像的多，往往比他想像的要少半個到一個。照常理推測，我至今已相當肯定，自己堅信無辜時，不一定靠得住。在此我說的有辜無辜，是指一般個人恩怨而言，伸張正義的公事不在討論之列。當然有時因為智慧不足而有假私濟公的混淆不清，那是別的文章了。無論如何，關於個人恩怨之事，既有了以上的領悟，且越來越覺此悟無誤，我近年來便時常苦口婆心的告誡自己說：

活了這麼多年了，即使再笨，何況你還根本不承認笨，即使很笨，也應該可以悟出一個道理來了——訴苦告狀、心懷不平之舉不可能盡免，起碼應慎重考慮減到最低；非為利他，乃為護己。聰明人在自知之明上考零分的看得太多太多了吧？常識足可告訴你，你絕對不會例外，你絕對也不夠聰明分辨自己的有辜無辜，二者比率如何，遑論衡量應判對方以有期徒刑、無期徒刑，還是死刑。跺腳捶胸喊冤枉不能證明什麼，平失尊嚴破壞形象。你不要臉我可要臉。

你絕對可以相信我，你怒髮衝冠、理直氣壯、口沫橫飛的時候，周圍任何一個只要不是最笨的人都比你清醒，都覺得你極礙觀瞻。朋友也不會對你說什麼：你未曾悟羞已經成怒，誰還敢碰你自討沒趣。至於為什麼對手也懶得還口，以至你還誤以為打了勝仗呢？兩個可能。往好處想，他比你成熟，大人不和小孩爭。往壞處猜，他肚裡有數，心懷鬼胎，記起了權術家麥該阿非利的勸告：「你的仇敵正在自滅的時候，不要打斷他。」

老實說，敢打斷你，敢這樣單刀直入向你進言的，世上僅我一人，你最好珍惜，不然你連一個真心朋友也不剩了。所以為了安全，為了自衛，千萬記得，「不要自己伸冤，」就這麼簡單。請相信我，聖經中最衛生的教訓就是這一句，比摩西法律中莫吃沙番莫吃駱駝還實惠。

擅自伸冤，開錯口還錯手、吃不了兜著走。你看，「擅自」這兩個字用得真好，表示「越權」，本身就是犯法。這是涉及天治、法治、人治的大道理，又是別的大文章，在此不宜打岔。無論如何，即使果如你所堅信，天人同證你報復有理，到頭來，還不只是浪費人生傷身體，何況你還有高血壓。

作為你的長期保健護士，讓我向你保證，你絕不是報復的材料，因為那是身兼數職的苦差。就像你現在擔任的法院職位一樣：當局不肯花錢僱員，即使僱員，以你的脾氣，也不見得你肯分工；長久一腳踢，集原告、證人、陪審、法官於一身，遲早一定垮掉。這樣的工作值得死撐嗎？雖說法律界的差使名利雙收光宗耀祖等等，辭掉可惜，但老實説，你這種偷工減料的法庭算什麼東西？說穿了，連第三世界都以為恥，文明世界更不用説，管它叫做kangaroo court。為什麼叫袋鼠法庭呢？因為袋鼠身材作圓錐形，頭細身大而下肢出奇的發達……。

意外收穫

其實這一類的題目，我並不需要太多的説服，因多年觀察早有所悟。「旁觀者清當局者迷」的確如此。無人不述説自己的仁慈，但憑半生閱歷，有幾句靠得住呢？所以作為人類的一分子，我老早已經認定，唯一理性的立場，就是對自己也不存幻想。而且因為看得太多懵懂人一絲不掛羞辱自己還不自知的事，為著面子問題，我還不斷警戒自己，千萬別像陳李張王胡馬麥等等「稅吏」、愚昧人，展覽皇帝新衣當眾出醜。千萬別上自己的當。

莫上自己的當，別以為是件容易的事，窮一生難以升級，遑論畢業。近年發現了一條捷徑，就是上面提過的「不要自己伸冤」，聖經中的老生常談。我發現這並不是一個什麼損己利人的博愛口號，而是一個極之簡單、完全理性、完全科學的結論。理性、科學，因為其背後的假設不含幻想，完全基於人性弱點的現實，所以不會像人間許多口號、主義，錯把豆種當瓜種，結果都得到種瓜得豆的意外。卻又不罵自己拿錯種子，只罵農夫耕耘不努力，這才是真正的冤枉。

話說回來，「不要自己伸冤」讀下去是「伸冤在我，我必報應」。再接下去便是「你的仇敵若餓了，就給他吃。若渴了，就給他喝。」三句的連接是這樣：第一、二句之間有個「因為」，第二、三句之間一個「所以」。這一拼合，邏輯就很清楚了吧？這分明是一種更上層樓的思路，換言之，是個得寸進尺的命令。給冤家吃、給冤家喝是心力交瘁的行動，太積極、太艱難了，往往心無餘力也不足，一時實在難以鞭撻得來。但是不伸冤起碼是個消極可行，求其次的辦法，是一種不必行動的行動，總比積極報仇要好些。正如莎士比亞的哈姆雷特王子，譏諷妻道不全的母親時所說的：「沒真品行，裝裝也好。」你說這是假冒為善，一點不錯，在未及更高德行之前，湊合湊合罷，因為這是唯一保護自己不上自己當的最佳防衛。

說到上自己的當，便叫我聯想到近日看的三本書。三本恰巧都是回憶錄。第三本因為內容較為獨立，容後再談，在此先提第一第二本。這兩本回憶錄回憶的對象恰巧都是父親。兩個父親更恰巧同是大混蛋。此處我們不沾文評話題，討論只限於作者心態的觀察。

贈你一隻眼

第一本書叫《水夢》，美國日裔女作家森京子（譯名）所著。作者在去國多年後首次重訪故里神戶。《水夢》就是此行的結晶。

森京子小學畢業之年，母親因丈夫外遇而自殺。妻子之死，絲毫未曾喚起為夫的任何自疚。正好相反，他歸罪的是妻子家族的問題基因，進而禁絕兒女與他們素來所痛愛的母系家人的一切來往。

森京子在父親與後母的踐踏下成長。可幸她後來有機會赴美求學，從此脫離了父母的牢籠。《水夢》就是死裡逃生的象徵，典故出自京子母親的夢魘。她生前常常夢見戰時空襲，她拔腳飛奔到山上水塘去逃命。轟炸是「火夢」，水塘是「水夢」。

京子在逃脫十多年後重回故鄉，憑弔了每片舊地，會見了好友同學，重新擁抱了外婆和每一個母系家人，只可惜向父親和後母報到也是無可避免。

仇人相見分外眼紅。父母果如記憶中之可憎。撫今追昔，二老一言一語一舉一動無不激起女兒無名火起三千丈。父親送她禮金，她冷冷接過，小心翼翼務必不讓自己觸到父親的指頭。後母送贈首飾，她在上機之前扔入垃圾箱作為此行的結束。

正如作者聲明的，她對放手、對饒恕絕無興趣。神戶固然有她留戀的景物和親朋，但只因父親在，她便不屑回顧。失去故鄉是她永不饒恕父親和後母甘願付出的重價。

合上《水夢》，我幾乎瀕於窒息。這是一本筆筆精雕近乎詩意的仇恨精品。情之至極，不論愛恨似乎都可成詩。書名「水夢」，象徵逃脫，事實上，森京子並未逃脫，也捨不得逃脫。終生在「火夢」中燒烤取暖才是她真正的選擇。畢竟這也是極易了解的人性常情。

法國有一則這樣的寓言。從前有兩個朋友，彼此妒恨入骨。有一天一個神仙找到其中一人，允許替他成就任何心願，唯一的條件就是，無論他拿到什麼，他的朋友必得雙份。這人想了一想，便請求神仙挖掉自己一隻眼睛。這是另一種悲壯。

買雙雨鞋

第二本回憶錄是以色列記者沙米爾（Israel Zamir）所著，書名《尋父記》。父是以撒辛格（Issac Bashevis Singer），美籍猶裔作家，原籍波蘭。年青時，辛格離妻別子，隻身投奔移民紐約的哥哥。是時兒子年方五歲。辛格在新大陸落地生根，另立妻室，全力寫作。一九七八年獲諾貝爾文學獎。

成名之後，辛格給紐約街坊鄰里的印象是位慈祥的老公公。人人都知道在街上餵鴿子的小老頭，就是那大名鼎鼎的作家。辛格自己也樂意助長這個人見人愛的形象。

可是時至今日，辛格的傳記資料陸續出土後，大家終於知道，小老頭關心、恭敬飛禽走獸（他反對殺生，亦實行吃素），勝過身邊的人類和親友。實際生活上，辛格不論為人、為夫、為父都不講究情義。他對提拔自己的哥哥寡情，並宣稱一夫一妻制和為父之責不能苛求於每個男人，兒子在遠方於是眼不見為淨，求之不得。但是兒子不識相，二十歲那年卻自動要求來紐約與父親見面。

《尋父記》就是記敘父子重逢後，至辛格去世之間的十年，兒子對父親逐漸達到的認識。

在漫長成長的歲月裡，沙米爾對遠方的父親有無限的憧憬和思念。兒子懷著滿腔熱情來到紐約與父親見面後，先前的夢想很明顯的迅速幻滅，雖然他並未如此明言，並且多方努力為父親圓場。

父親告訴他，戰時常做一個夢，夢見波蘭妻兒被捕送集中營，每次驚醒時，都發現自己吟吟哦哦，迫切的為他們母子禱告。作為一個讀過他傳記的旁觀者，我可以這麼說，此夢若真有其事，那麼這就是辛格父性發動空前絕後的高峰了。

或者除了另一次吧。辛格與兒子久別的頭一次重逢，做父親的確是一時衝動，衝口憐惜的說道：「我們得替你買雙雨鞋。」雖然說了也就沒了下文，兒子還是心存感激，為父親解圍說，爸爸有個特色，凡是寫過的事，講過的話就當是已經做了。兒子想寫作，求教於父親，父親說：「你有我的著作可以翻譯，何必多此一舉。」

凡此種種，兒子得出一個結論：父親最專注的，是自己故事中的角色。這些人物，父親可以一談數小時樂此不倦。他若想認識爸爸，唯一途徑是進入他的心靈世界。換言之，尋父之旅分明是原地踏步，一廂情願徒勞無功。

很像我們中國人

看完《水夢》接著看《尋父記》，對比十分鮮明。在《水夢》的澎湃怒潮中浮沈慣了之後，猛一換了《尋父記》的步伐，有點亂了陣腳。《尋父記》風平浪靜的心態，令我驚訝嘆服。這分明不是我個人的印象。最近牛津又出版了一本辛格的新傳記，作者用「恆久忍耐」一詞來形容他兒子。

掩卷之後，不禁自問，兩本回憶錄是不是偶然的產品？代表了兩個性格不同，心境不同，成長環境不同的人，如此而已？二人可以不同國籍，也可以同是日本人，同是以色列人，甚至同是中國人。還是許多變數之中，多多少少也包括了文化之不同？

這個題目太大了，不是我有資格討論的，我只能以己之心測人之懷，就個人的感受來談。

我不能不承認，《尋父記》平靜無怨尤的心情我較難共鳴。《水夢》剛剛相反，捧讀起來如魚得水，覺得熟識親切極能認同。屢次還不禁掩卷嘆道：「日本人跟我們中國人真像！」

森京子與母系家人的親情，中國人不難體會。她那抱著仇人不放，咬牙切齒、逐寸剝皮的決心，我也不感陌生，畢竟自己也是如此文化的產品，是喊著你死我活的口號成長的。

不同者，去國久了，年紀大了，餘生短了，可能是一種自衛的本能吧，我發現自己開始躲避如此同類，我開始害怕這種海枯石爛的烈士。小時看基度山復仇看得廢寢忘餐。如今只覺伯爵之輩愚不可及。仇人搶去他十多年青春，他還說不夠不夠，請讓我再奉獻幾年作為利息。精力如此充沛的人，我如今一見便趕腳過街，因為萬一給他們窺見看中，不論愛上或恨上都極麻煩，沒完沒了，浪費光陰累死人。所以我最新的座右銘是：有時間餘力摩拳擦掌，不如抄小路遊墳場。

遊墳場

講到遊墳場，這又是另一個題目了，總而言之，近年因為種種原因，我們遠行時不大走高速公路了，專選舊路小路來走，遠是遠些，但不如想像之遠，而且其得足可償失。大公路千條一律，小路條條不同，路路縱橫城鄉老鎮，兩旁歷史痕跡、地方色彩，次次都有意外收穫。

年初丈夫出差南下，我們連公家機票都犧牲掉，為的是恰遇盛春之季，一路萬紫千紅，凌空而過不視不睹是暴殄天物，加以所經之途又有幾個歷史小鎮是我們一直都想看看的，所以仍然決定抄小路開車。

因為時間限制，一路上行經每個重點小鎮時，我們瀏覽多採放慢車步穿梭街巷的方式。行經南卡州Camden城時，穿梭的當兒忽見路旁有交通牌子寫著：「馬禁走行人道。」這城不同凡響，我說，連馬都識字，一定得停下來見識見識。就這樣，我們彎了幾彎入了一個林蔭公園一般的古老墳場。

周日，遊人稀少，只有一位中年女士正迎面而出，交遇之時，她朝我們點頭微笑嗨了一聲。我於是抓著機會請問，園中有何名勝值得走馬一看的沒有？我們正在過路，不能久留。女士於是將手上單張給了我們，同時指了指左方不遠不近處，地上插著矮旗的地方。

「你們有興趣的話，」她說：

「那邊就是這資料上介紹的『小阿靈頓』英雄之墓。」

英雄一組共三墓。其二是第一次世界大戰的抗戰英雄。第三位名「理察．克爾克蘭德」是南北內戰中犧牲的年輕士兵，墓前仍插著當年的紅藍白三色旗幟。碑上記述英雄事跡如下：

在腓特烈堡戰役中，他冒著生命的危險將水送去給敵軍垂死士兵解渴。

此義舉在戰地上立有紀念碑永誌不忘。

然後在死者生卒年日之下另刻一行小字：

你的仇敵若渴了就給他喝

這句子自然十分熟悉，但出現於此時此境，有前所未有的感受。心中默默的整理著上文下理時，耳邊莫名其妙的忽然殺出一句口號：「反對利用人道主義模糊敵我界線！」

這是不是毛主席的名句？天曉得。反正小時受過幾年革命教育，比起正規出身的資深後輩雖是小巫見大巫，但我的腦紋仍然灌入了足夠的名曲名句，至今仍隨時可以播放，不必經過大腦，連珠轟出。我敢向全世界挑戰，有日奧林匹克若增設喊口號比賽，像我們北卡州一年一度農家子弟喊豬、頓挫飛揚的Hollerin' Contest，冠軍擔保非中國莫屬。這是咱們的又一大國粹——喊口號。

你真不能不承認，中國首長們屢次罵外國人干涉咱們內政的「國情論」不是無理。國情國粹的確各有千秋。這就涉及到我前面提過的第三本回憶錄了。

嚴禁自殺

回憶錄書名《俘虜記》，是日本已故作家大岡昇平所著。原文在戰後一九四八年開始刊登。英譯卻遲至一九九六才出版。所以對我而言，是本五十年老的新書。

作者戰時在軍中服役期間染上嚴重瘧疾。大戰末年，日軍在菲律賓撤退時，將他和幾個重病患同伴棄在行將陷敵的營地。大岡昇平就這樣落入美軍之手，直到日本投降被遣送回國為止。《俘虜記》就是記敘這一段經歷。

垂死的大岡昇平在敵軍護理之下，意外的起死回生。他發現自己是落在一個文明國家的手中。該國的政體分明容許個人良心、溫情的存在。

大岡昇平的健康繼續進步，他於是越來越擔心，因為意味著很快便不能再賴在敵軍醫院，而必須回到正常的日俘營中了。美軍給以日俘高度自治：擄來的軍官照原職管理一同被擄的士兵，不受美方干涉和監視。換言之，日軍又可回復日本慣常的腐敗和殘暴，沒有第三者從旁監視攔阻。

被徵入伍之初，日軍上級司令曾向士兵宣傳美軍之殘暴，叮囑眾人非投降不可時，與其束手待斃，還不如自刎，一死了之速戰速決。

日俘，尤其鄉野愚夫，就捕之後得到的對待不是那回事，自是要比才多學廣見過世面的大岡昇平更為喜出望外。作者自嘲道，今後若再打仗，大家不爭先恐後的投降才怪。

最好笑的是，美國人還堅信日本民性一貫悲壯、可殺不可辱，自刎成風，所以日本投降之日，他們給日俘休假一天，表示尊重日俘們對家國的哀思；同時緊急下令嚴禁自殺！日俘們笑刺肚皮。

還有，日俘營因為高度自治，加上美軍物資豐富，不拿白不拿，日人於是到處順手牽羊努力發財，等候衣錦還鄉。但不久，連後知後覺的美軍也發現了他們的行徑，於是宣布搜查。不過先禮後兵：搜查前自動交出贓物的既往不咎；交出的物資全數用於賑濟當地貧困。

戰俘營沒有外界通路，搜查起來自必一網打盡沒有倖免的可能。但是賑濟貧困，我失一眼你得一眼？天誅地滅，無此道理。日俘於是生了一堆紅紅大火，將所有物資投扔其中，圍觀其逐樣燒成灰燼，亦不失為一種痛快。

這真叫你不能不相信民性國情論。日本鬼子就是絕！這是我第一個反應，咬牙切齒。但是冷靜了一下，卻發現自己完全可以理解，甚至輕易投入日俘野火的痛快。同歸於盡畢竟是非常人性的心理。昔日所羅門王斷案，智慧超人，也不過是將心比心透視了這點人性。

一定數目的耳光

兩個女人同爭一個嬰兒，所羅門說，好，拿把刀來一劈二，一人一半。假母親舉手贊成，並且高呼「堅決擁護我們英明的領袖！我們英明的領袖萬歲！」這自然不是三千年以前的原文，而是現代白話文註釋。真母親驚慌失色，趕快將孩子讓給對方。案情大白。

所羅門這一招不是因為他的眼睛像人民的眼睛，是雪亮的，一眼看穿兩個女人中一個有人性，一個無人性。他乃是根據人之常情絕對有把握，甲乙二婦都是人，有同樣的人性。兩個女人甚至可以是同一個人，不同的是處境情況。

所以你若以為自己比甲婦人道，比日俘高明，比我高明，那麼你就是我前面所提過的聰明人考零分的鐵證。蘇格拉底說過：「不醒察的人生不值一活。」另一位猶裔作家索爾貝婁（比辛格早兩年獲諾貝爾文學獎）最近加上一句：「省察的人生叫你痛不欲生。」換言之，套用另一句現代中國術語，「自我感覺良好」，從來未在爐灰中打自己耳光的人是未曾用腦。這樣的人我個人是不敢靠得太近的，因為危險，所謂君子不立危牆之下嘛。

我的觀察是這樣。人人的手掌與生俱來都藏著一定數目的耳光，這是人性的一部分。好比心跳的數目，這一手掌的巴掌非得劈里啪啦的用盡了不肯躺下的。有時，有的人心跳都用完了，巴掌還剩幾拍，叫做「巴掌猶在」，巴掌如此旺盛的人，若是從來不打自己耳光，你猜他都打到那兒去了？你還敢坐他旁邊嗎？

言歸正傳，回到《俘虜記》的話題。倘若你看完了《俘虜記》，認為美國人的人性質素、或者中國人的人性質素比日本人高，我認為你仍舊是聰明傻瓜。所謂質素即使是同一個人也可以隨遇而變。一定程度適者生存的本能人人都有。同一個人在台灣、在大陸和在美國開車就不一樣。日本人、美國人，其他成分相等的話，大致都可以照此類推。國國不同之處當然有，但絕不在人性。

近年常聽見一個論調，就是人道行為，或說較有質素的行為是出於人性。只要人性不被扭曲，就會產生人道行為。若是所羅門也相信這樣的空中樓閣，他連三等法官都當不成，遑論千載傳頌的審判官。剛剛相反，最差勁最殘暴最自私的行為，往往正是人性自由發揮到了極致。這一點，美國開國元老應是同意的。他們政制的形成是基於最不信任人性的信仰傳統上。十九世紀美國一位著名傳道人名叫Peter Cartwright，有日有人告訴他，傑克遜總統將光臨他的教會做禮拜。言下之意，似乎要他稍為收斂言行。

「有人告訴我總統今日在座，」是日講道時他在台上喊道：

「安得烈．傑克遜若不悔改，他必定下地獄！」

這是美國政制的大前提：不論總統庶民，貧富貴賤，沒有例外，人性的弱點完全相等，因此其法制也試著向人性再三的設防，使其比較合乎理性，如此而已，但絕不是沒有漏洞。開國元老、美國第二任總統約翰．亞當斯早已說過：美國的憲法是專為一個有道德有信仰的人民而訂的；若用來治理別種人民是絕不夠用的。換言之，這本來就是一個帶著漏洞之險的政制。

去年好萊塢一個攝影師在夜以繼日工作十九小時後，回家路上因過度疲勞撞車斃命。此事引起公憤。報章紛紛揭發片商對勞工越來越離譜的刻薄和剝削。時代雜誌舉出的另一個實例是影片《鐵達尼號》

的拍攝。此片在墨西哥製作時，僱用了不少當地人，這些人的待遇與美國工作人員有天壤之別，他們每天工作十二小時，除上午一次小息小食外，全天馬不停蹄無休無糧。有人餓到在片場上翻垃圾來充飢。被記者質詢時，演出者蘭島搶白道：「我們對待墨西哥人已經超過他們在自己國情之下所得的待遇多多了！」

又是國情論，有道理有道理，若沒有超然的標準，就地取材隨機應變無可厚非之外，且是適者生存之本。國情論越想越是無懈可擊，因為再想下去，沒有料到，原來即使有超然標準，歸根究底仍然是國情問題。「國情」包括了歷史和地理。「情」意味著歷史、文化、信仰。「國」意味著地理疆界。中國有中國領空，美國有美國領土，互不侵犯。除非有一個國家，疆界主權凌駕中國、美國、任何國家之上。

比喻說，你實在可惡，怪不得我很想剝你的皮。大剝、公然的剝，不論中國國法、美國國法自然都不許可。文明國家有所不許，文明人亦有所不為。但是一定程度的小剝，尤其偷偷的剝，還是不必坐牢的。於是我開始磨刀，趁你不覺的時候在你表皮上試了兩下，你還以為是蚊子，拍一聲一巴掌打在上面。我作無聲露齒笑。但是正要舉刀正式下手的時候，突如其來當頭一棒，我嚇住了。這就是為什麼那天你一轉身看見我一把關刀凝在半空，一條腿急忙縮起。我說我在練太極劍，你皺了皺眉不大相信。無論如何，這也就是為什麼時至今日你大致上還體有完膚的緣故。

叫我停手的，不是我的人性，恰恰相反，我的人性想剝你皮之外還捏你的咽喉。叫我停手的，仍舊是所謂國情國法。因為正要下手的當兒，那一棒叫我突然驚醒，我置身之國，光光坐在家裡磨刀，罪已等同謀殺！你可以這麼說，為著自己的一層皮，我懸崖勒馬急忙住手。講來講去歸根究底，仍然是「自衛」兩個字，層次就是低，沒有辦法。所以讓我警告你，你的劣行可一不可再，小心你那層皮，我不是時常都這麼理性的、膽怯的，人太聰明了，沒有辦法。

一位牧師朋友的小兒子最近欺負他姐姐，扯著她的頭髮拳腳交加大打出手。姐姐一條金髮馬尾最方便如此場合。受害人自然嚎啕大哭。做爸爸的怒髮衝冠，衝過去將兒子一把抓住。不料那小人兒卻理直氣壯極端委屈的哭喊道：「爹，是你自己說的：『你們願意人怎樣待你們，你們也要怎樣待人。』是她先打我的！」

朋友說，我這兒子了不起呀，一言點醒夢中人，勝過任何神學家：我說為什麼得救是本乎恩？原來不然的話天父受不了呀。否則古今中外，無盡人龍，個個自我感覺良好，人人三吋不爛之舌，句句推薦自己進天國，你做天父，受得了嗎？我這兒子長大了當律師，連我都受不了呀！

這孩子才四歲呢，就這樣的聰明。你我什麼年紀，讀了多少年書就別說了，想起都頭痛。不過補救有法：

「首先，讓我們宰掉所有的律師。」這是莎士比亞的屠夫的建議，三句不離本行。

問題是，誰是律師？

萍。水。之。交

托爾斯泰說過，幸福的家庭千篇一律，不幸福的家庭各有不同。我發覺相仿的套語，似乎也可以用在人與人之間的交往上。深厚的友誼千篇一律，萍水之誼千變萬化。

這兒的千篇一律，指的是無論何方何族何人遇見深厚友誼的時候，無需介紹就能認出、就能欣賞。萍水一類就不一樣，千篇卻不一律，去來匆匆淺而不顯，很易失之交臂，學問越深的人越容易忽略。數學博士要回到雞兔同籠的層次，脾氣躁一點都不行。

正如大多數的中國人，念舊記恩不是我的問題，恆久深厚的友誼我非常珍惜，福中知福，時常懷念、時常數算、時常感恩。但問題就出在這裡，福氣太好，有時就會自陷於一種困局，享過深厚情誼的人，小小友誼便不起眼，吃慣了山珍海味，雜碎就不屑入口。可是現實人生，山珍海味畢竟不多，貴在其稀，貪得無厭，奢求不得，長久拒食，餓死了就沒有人不說活該了。

雜碎者，內容莫測又不夠格，因此不值得起名的東西。夠格的，稱為雜錦，雖然許多時候，雜碎、雜錦其實是同一堆東西、同一群人物。用在友誼上，雜碎泛指萍水相逢、膚淺表面之交，既不值得打架、亦不俱結拜潛力，換言之，俠義文化中沒有名目的交往。孔子教人擇友，益者三友損者三友。運氣好的話，好壞加起一共六個朋友，其餘且稱之為雜碎。

來美國，學會了吃雜碎。

雞兔同籠

屈指算來，這輩子斷斷續續一共住過七年宿舍，前三年在中國，後四年在美國。換言之，前前後後同吃同住、朝夕相處過的人，可說夠多夠雜。

頭幾年住校時還是小孩子，想打架，沒問題，對手隨處有。不過，女孩子打架比較文明，大不了拉辮子，百分之九十九的時間只派嘴巴做代表，牽牽嘴角、瞪瞪眼睛就行。想結拜，也不乏情投意合的同仁。我們一圈就有十人，按著年齡稱姐道妹，同舟共濟，大有梁山泊之風。

有次老九不小心陷入了一個拉辮子局面，越拉越兇，對頭緊鎖痛得眼淚直流，礙於面子欲罷不能。在旁看急了的「大姐」忽然一聲令下：數到十，她說，仍然勝負不分的話就兩邊一起放手。幸而「大姐」頗俱威信，喊到十，雙方果然把手一放，一起栽了個筋斗了事。無論如何總而言之，我童年的學校生活朦朧深奧的色彩不多，黑白分明，敵友都轟轟烈烈。

稍長，自然不再動手，結拜一舉，亦很快被視為八卦幼稚而棄如敝屣。雖然如此，照我循序漸長的經驗，作為一個中國人，即使長大了，外表雖已棄掉了打架結拜之形，心態上卻保持了打架結拜之實。換言之，在友誼這事上，我發現我們的口味是偏於濃重的，像吃鹹吃辣。回顧起來，戒掉打架之後，不論轉到何校升到何級，總還是有極想拉其辮子的數名甲甲乙乙，亦不乏同出同入形同結拜的幾個丙丙丁丁。

直至來到美國。

多此一舉

第一間入住的美國宿舍約居百人，我是唯一的外國學生。當新生遠非首次，早有精神準備，一段孤單寂寞的適應時期勢所難免。

出乎意料，同學們都非常友善，友善得出了奇。每天進進出出都有好幾十個張三李四向我微笑道「嗨！」我一時亂了陣腳，感覺頗為良好沒錯，但同時又想這是不是得不償失？這樣的麻煩前所未有。一向的習慣，省時省事，認定是敵是友才需操心，陌生人一概形同並不存在，招呼多此一舉。如今上課下課，一路上卻非得不斷同陌生人四目相接不可，非承認其存在不可，那怕只是一秒鐘的接觸、一秒鐘的承認。美國這玩意兒是一種另類環境。

開學後第一個大活動是登山。這是一個傳統的大節日：每年盛秋之季，校方依山色氣象秘選吉日，吉日前夕才突然宣布次日放假一天，全校登山欣賞秋色。登山是取自由結伴的方式，我苦於尚未有結拜，正在無所適從不知如何是好，可幸便有人來叩我的門。原來一位剛認識的同學，已經想到我這個新來乍到的外國學生，可能還沒有什麼伴兒，所以特地跑來問我要不要加入她們的小組一起爬山。

是日大夥一路攀高、一路嘿啊荷啊興高采烈的唱著「喝醉了的那個水手，我們該怎麼辦？……一大清早……嘿荷……拿把鏽刀剃他的肚皮，拿把鏽刀剃他的肚皮……」走著聽著心裡一下子覺得踏實了不少，這些女孩似曾相識，彷彿梁山泊鄉景重新在望了。

以後我還和同學們上山露過營。每逢假期，亦有不同的人請我回家作客。冬夜興起，我也跟著大夥兒，睡衣外面套件大衣跑到街上去吃冰淇淋。

我生日，一個女孩給我一件禮物。「你不是喜歡練琴嗎？」她說，「下星期開始，你可以去跟荷卓斯學琴。我爸替我交了琴費，我一來沒時間練，二來著實沒有興趣，每次上課都挨罵，何苦來哉。開學太久了，學費又不能退，我問荷卓斯可不可以帶個好學生來頂替？他說OK得不得了，你看，這不是一舉三得、皆大歡喜嗎？」一面還指指腦袋讚自己聰明。

有一天，更有個同學得意又神祕的告訴我，過幾日她會給我一個

surprise。那天來臨，她領著我躡手躡腳好像入醫院一般的進了她的實驗室。「閉上眼睛，」她說，「一二三才准打開。」一打開，不看則已，一看嚇得我尖聲大叫，拔腳飛奔。可憐那女孩丈八金剛，一直追來不斷道歉，又不知為什麼要道歉。她的寶貝原來是新鮮熱辣剛剛產下的一窩老鼠。

無論如何，一般美國人的天真友善大約是公認的。同學們待我實在不薄，老實說，如此待遇過去經驗早已晉升結拜範圍了。但一學期一學期的過去，一反以往習慣了的事物發展規律，始終沒有人同我打架，也沒有人申請要同我結拜，大家就是這樣禮禮貌貌和和氣氣間中熱鬧熱鬧，始終各行各素。

拐腳桌子

校外街坊友善人士亦不少。有一次我拿衣服去乾洗，其中一件外套的領子有點破。取回時發現掌店的老太太替我細心的縫補妥當。我自然表示十分感激。但是我已明白，好心是老太太的習慣，並不是她特別看中我，要收我做乾女兒了。

在校之年，養尊處優食宿全免。寄宿完畢，白手起家第一次買家具，完全不知天高地厚，看上一家美麗的店舖便跑進去了。

老闆迎上來，我告訴他我需要一張小桌子。「你打算大約要花多少錢呢？」老闆問。「二十元左右吧。」我大方的回答。「唔，」老闆搔了搔頭，面有難色。他遲疑的時候，我已稍微瀏覽了一兩件店貨，價格一入眼，嚇得我啞了嘴巴，正要退堂，老闆突然說，你等在這裡，我上去看看。這位既不年輕亦幾分發胖的老闆一直跑上閣樓。不久氣呼呼的端下來了一對小桌子——燈座和咖啡桌。「這對桌子新倒是全新的，」他說，「但是腿不甚齊，你要就十元一起都賣給你吧。」

莫以為我是在說美國到處都是好人，以上兩位都是較為少有的例外。不過即使另有老闆不如上述這位好心，而只是個一般商人，遇到我這樣荒唐的顧客亦不過吱唔以對不置可否便了，要是在香港當年，就另有種種可能了。老闆倘是個朋友，拐腳桌子可能就免費送給我了；若是素昧平生呢，就難得肯錯過這麼一個大好機會不嘻皮笑臉奚落一番了。

常聞中國人對美國人有兩個印象。有些人說，美國人很有愛心；另一派則一口咬定，美國人虛偽寡情。仔細想想，兩個陣容其實往往是同一營人，不同的只是時間的先後。愛心論者一廂情願，碰釘子後就或者會倡言虛偽了。多年前，我讀過一本美國人寫的中國紀行，作者提到他一位要好的中國朋友要將自己的小孩送給他帶去美國。他驚愕得不得了，自然沒有接受。

無論如何，我認為愛心、虛偽兩個印象，可能都是一種解讀過度的誤會，心理學家馬斯羅說得好，用慣鐵鎚的人，全世界都好像一口釘。

這種文化誤會彼此彼此，不足為奇。人與人之間的交往，我看中國人的精力幾乎完全分攤在敵友兩陣人物上。專注慢工出細活，對敵對友都如此。西方人兩樣都馬虎，全部元氣比較平均分配給一切的張三李四。如果有個美國人對你不大禮貌嗎？不必耿耿於懷，十之八九可以肯定，他不是釘中你一人，而是此人一貫無禮，不分敵友一律平等，就像前紐約市長朱利安尼，無禮不錯，但是無禮得民主，一視同仁。

美國之大，無禮可憎的人肯定有，隨時代的演變，也許會越來越多，不必大驚小怪。同樣的，照我的經驗，禮貌友善的人也並不在少數。但要知道西方人的微笑、西方人的禮貌、西方人的友善是一種社會風氣，一種已成慣性的本能，與結拜無多大關係。

禮貌是西方的傳統風俗。事實上，英文的「禮貌」和「風俗習慣」兩詞甚至同用manners一字呢，或者不是偶然。影響英、美、法社會思想很大的十八世紀政論家勃克（Edmund Burke）反對革命，倡言良好的風俗習慣比法律重要。換句話說，要國泰民安，與其頒新法搞革命，還不如大家多說幾聲謝謝。世世代代，西方人信奉禮貌已經到了禮不由己，禮入膏肓的地步了。

最近讀到一篇郁風記念大陸著名翻譯家戴乃迭的文章。文革期間，郁風住進秦城監獄。每天打飯時，大家默默的接過來，唯有一個監號，每接窩頭菜湯必說一聲「謝謝。」他猜，這必定是個西方女人。後來果不其然，原來就是戴乃迭。好一個勃克的同胞，嫁中國人落中國籍數十年，請她坐牢，仍然謝不離口。

照照鏡子

所謂英國美國西方習慣，所指自然都是偏重於一般社會風氣性的行為而言，各種文化下面的個別人民，不論任何一國，相處近些，依我的體驗，其實都是跟自己差不太多的普通人，照照鏡子沒有一個不曾相識。我最後的一段宿舍生活，除了美國人外，又見識了不少外國同學。其中法國人兩個。一個出身小鎮，粗粗壯壯笑口常開，整天要人看她六歲小弟的照片。不久，人人和她碰面時，就都愛問一問小弟可好？

另一個是位巴黎小姐，身段可人，衣著大膽，一條黑辮子由右頰垂到胸口垂到腰間，自知是尤物，目空一切凡人。凡人遂都交頭接耳的傳說她的各種壞話。

英國同學兩人。其一稍胖，和藹可親，其二可憐，瘦骨嶙峋，神經過敏，不能忍受時鐘在她房中整夜滴答。作為她的對面房，我便充當了她的私人鬧鐘。每晨我一下床，眼睛還未睜開，便先赤腳奔去叩她的門，怕她起遲了，大家都神經衰弱。

日本女孩二人。我愛看兩個淑女跟同胞們不停的深鞠躬，更愛聽她們背後對各人的品頭論足。

其中一個被她倆討論的是位外交官員，公派在附近一所男校進修。初來時，這位日本先生開一架的確很醜的老爺車到處闖蕩。車子一經過，兩個女孩便朝窗外罵道：「有辱國體！」後來有一天老爺車換成了一部光可鑑人的跑車，兩位更加生氣了。「豈有此理，」她們說，「糟蹋民脂民膏！」

一個香港同學，愛笑，笑得厲害的時候，就會趕快用手捧著下顎，因為她有過笑掉下巴得去醫院托回的歷史。我們兩人一碰頭就笑個不停，吵得隔壁非常用功的印度女孩經常得叩門敲壁叫我們肅靜。我們自知討人厭，所以加倍討厭討厭我們的人。沒料到印度女孩離開時，竟跑來告別，並將手上一串小手鐲脫下送給我。從此誰罵印度人，我都要辯護幾句。

人與人之間，大好大壞的時候實在不多，小好小壞，雜雜碎碎，這就是人。書讀倦了，拿把小凳坐在路邊聽聽看看，時而大笑時而微笑，時而生點小氣亦無不可，趣味無窮。

本文所回憶的朋友，我的萍水之交，老早不知去向，我亦不曾想過要為任何人感謝，直到此刻。中國人頌讚松竹梅歲寒三友，回顧來路，常青樹耐寒花固然令人舒暢，原來短暫的時花亦各從其類各按其時成為美好。水陸草木之花可愛者甚繁，視若無睹，何其可惜。

意。緣

學生時代，曾和不少歐美同學相處過。美國人之外，舉凡英、法、意、丹、荷、西、智、印、甚至埃及等等國民，都有過同舍之緣。來處不同，作風各異，但是彼此客氣相待，也還融洽，甚至分手時還幾分依依，大家都交換了地址，但都後繼無音。

這也是恰到好處，十分自然的事。我一向認為友誼像花草樹木，有草本有木本，長短不一，卻也不失各有燦爛。我的西洋同學之誼，草本占絕大多數，除了兩個意大利人。

在此順便一提，我知道在這譯詞逐漸統一、少數服從多數的時代，「義大利」已取代了「意大利」。但為著本人的粵語思路，二者有聲調之別，前者單調如鉛墮地，後者有樂音悅我耳；更重要的，在字義上，「義」字負荷太重，有太多我並未加給的意義，作為文題，完全表錯文情；反之，「意」字正合我意，故選用之。

話說兩個意大利人，是我的先後同學，彼此並不相識，也始終不曾碰面，但我和二人一樣的投緣。

曉芬娜和苒娜均健談而熱情，論到吃也都眉飛色舞，甚得我們中國同學之心。我們中國女孩請大家吃肉絲尼龍麵（粉絲），曉芬娜回敬紅燒小牛肉夾乳酪，很不壞。曉芬娜年紀比同人稍長，人也高大，待我有點大人國對小人國的保護色彩。有一次我在冰上摔了個四腳朝天，嗣後一遇凝冰滑地，她必飛快伸手緊揑我的臂膀。一個嚴冬未再出洋相，全是拜她的扶持。

回威尼斯之前，曉芬娜送我一個叫彼得的布娃娃。如今半個世紀後，彼得的深藍校服紅書包已經褪色，我也和曉芬娜失去聯絡多年了。也不記得當初是怎樣失去的，反正來美初年，一年一遷是常事，除了父母和移民局，少有人能追蹤。

苒娜

苒娜，跟我同齡，雖唸物理但興趣奇雜。周六宿舍冷清，我們結伴相依，天南地北的促膝到夜深。回國後，她寄給我一片阿爾卑斯山上的紅葉。採花夾葉，使我想起小學的同學。我們保持聯絡直到今天。

至今想來，和意大利人為什麼特有緣份，莫非因為大家民情國史頗為相似？比如說，意大利誇羅馬水道橋、誇文藝復興；咱誇火藥指南針，誇漢唐盛世。今日意大利和中國交通之亂亦是有口皆碑，但兩國仍是舉世遊客的麥加。祖宗棒，沒話說。

意大利人替美國發現新大陸；咱們替他們鋪鐵路。

意人的黑幫把美國人搞得團團轉；華人亦不落後。

意大利有威尼斯，咱們有蘇州。

意大利有馬可波羅，咱有班超張騫。

意大利可以全城動員，用紙皮速砌假屋，騙希特勒；咱們也可以全民煉鋼。

總言之，我和意大利同學靈犀特通乃是事實。不單如此，連在意大利萍水相遇的張三李四給我的印象，似乎都比其他地方來得繽紛有趣。

那年意大利之行，雖然不經也不近苒娜的住處，因此也不打算見面，我仍是懷著一種親切的心情前往。

絕沒料到，啟程前十多天，忽然接到苒娜的電話。幾十年來的首次，我自是驚訝。原來她來紐約開會，次日便回去了。她道是通知了我的，但我沒有收到信。

「意大利的郵政就是這樣，一塌糊塗！」她說：

「別浪費時間談意大利，猜我昨天到那兒來著？」

「曼荷蓮（女子學院），」我平靜的回答，我知道苒娜這個人。

「租了部車子，」她說：

「開得死去活來，到那邊草地上坐了個把鐘頭，看女孩子們上課下課就回來了！」

我告訴她要去意大利，但不去她的城。

「羅馬？佛羅倫斯？威尼斯總會去吧？」

威尼斯是我們的末站。

「我坐火車到威尼斯去會你，」苒娜說：

「帶女兒來給你看看。」

「啊，不客氣不客氣！」我的中國意識脫口而出：

「太麻煩了……，」說著忽又有點遲疑。不知如此場合，意人較接近美國還是中國。中國人客氣是慣性，彼此亦明白心口可能不一。美國人卻很乾脆，你說不要就是不要了，也許你不方便，也許你不想見她女兒，君自有別人不必過問的理由。

「快將行程寄來，」苒娜說：

「我能來必來，到時再打電話給你。」

小伙子

在飛意大利的班機上，我和丈夫拿不到連座，夫妻分坐在一個小伙子的兩邊。小伙子自動起立讓位換座，笑嘻嘻的說：

「不必謝啦，我還比較喜歡窗位呢！」

小伙子不是同隊中人，我慶幸長途中不必勞動嘴巴，正好享受帶來的書刊。

書看了相當時候，早過了起飛時刻，飛機還是一動不動。機內空氣凝滯，大家很不耐煩。我抬眼望望窗外。

「我早有預感的，」小伙子說：

「今天可能會發生什麼事。」

「大吉利是！」我心中馬上擋著他的胡說。

小子黑髮鬈曲，膚色黑中帶點墨綠似的，是所謂的「橄欖膚色」。他的邏輯他的模樣，使我肯定他是意大利人，雖然他的美國口音是土生。

「回家嗎？」我問他：「家在羅馬？」

「那不勒斯，」他說：

「我叔叔開車上來接我。」

小伙子告訴我，來美已好幾年了，上月收到祖母寄來機票，要他回家看看父母。不好查問人家的身世，心中暗暗納悶，然則意大利也有「小留學生」嗎？

「你是韓國人嗎？」他問。原來他跟一位韓國師傅學自衛功夫。為什麼一個十來歲的孩子需要自衛？我想到黑幫，但怎麼也跟眼前這個好孩子連不起來。

飛機仍鎮坐不動，一位老先生打開我頭上的行李箱要放入大衣，拉拉扯扯，手提箱霍然滾下，我抱頭躲閃不及，給打個正著，痛得我眼淚直淌。

「Mama Mia！」老太太衝過來，一面撫摸著我的腦袋，一面罵老頭子不小心。

「你知道嗎？」大家重新坐定後，小伙子說：

「你的座位本來是我的，你可是替我擋了災了！」

「對啦！」我想了想，大喜：

「這不正是你的吉日嗎？」

我希望就此撲滅他的不祥之感，因為坐在不祥人的旁邊，我也擔心。可恨他還是不放心。

此時擴音器響起，宣布因為有位乘客心臟病突發，需送急診，因此耽誤了起飛，請大家原諒。

「看，」我說：

「你的預感真靈啊！」

這次他點頭了。預感既已實現，料想航程自此該可粗安。中意二人都得了安慰。

我知道不少中國人輕視意大利人，也許因為唐人埠往往和「小意大利」太近，彼此太過了解，所謂「崩口人忌崩口碗」者也。我卻覺得意大利人給我一種似曾相識的親切感。

司機、新娘

小伙子的家鄉那不勒斯，座落意大利貧窮落後的南部。意大利以羅馬為南北界分，是地理界線也是心理界線。聽說連意大利麵也是越北含蛋質越多，是乃富貧之分。到外國去討生活的意大利勞工，絕大多數是南方人。

那不勒斯幸與火山廢墟遺址龐貝鄰近，因此雖無光華，亦是遊客必經之路。而且貧窮落後的古城，在另一個角度，有時會是一個意外的無價寶，好比老屋閣樓中的骨董。考古學家稱那不勒斯為「未曾埋沒的龐貝」，是現存唯一的「古典世界的城市」。龐貝是二千年前火山爆發時淹沒的。換言之，二千年來，那不勒斯以不變應萬變，是悲是喜見仁見智了。

外行如我者，不考究什麼古典不古典，只驚異於那不勒斯之明媚。群山環抱、背山面水的那不勒斯，好似一個以海為舞台的半圓露天劇場。一邊海波蕩漾，另一邊是橘子園、橄欖園。橄欖樹下兜著蚊帳一般的紅網綠網，一個接一個，預備迎接將熟的果子。

我們走的縱貫公路叫太陽公路。司機本來就是個樂天人物，整日吹哨，歌不離口，聲音悅耳，在晴朗清晨太陽路上更是興致勃勃，跟著收音機中的帕華洛帝合唱起「我的太陽」。

兩個那不勒斯人，唱那不勒斯歌。不一會，全車人都跟著哼將起來了。司機唱得得意，「太陽」曲罷，拍啦一聲把帕華洛帝關掉，索性獨唱起來。

蘇連多岸，美麗海洋，

清朗碧綠，波濤靜盪。
歌聲磁音膩漫不勝陶醉。大夥也咿咿呀呀的和著：
橘子園中，茂葉累累，
滿地飄著花草香

和聲沒有剛才大。這首「歸來吧，蘇連多」，對車中眾數的美國人分明沒有「太陽」曲那麼家喻戶曉。但這兩首歌卻一向都是我們中國人的深愛。中意兩族分明比較情投意合，都是右腦發達。

路旁民房，襤褸失修，但是垃圾堆中，七彩野花欣欣向榮；不近看，亦如詩如畫。高架的公路就城市民房高樓腰間繞過。我們車子飛馳而過的時候，民房騎樓上晾曬翻飛的衣裳後面，家家戶內亮著的彩電我們看得一清二楚。

司機說，那不勒斯人發財，優先添置的是彩電、金錶等等可以炫耀之物。發財不叫人知，豈不白發？

這司機確是一寶：整天不是吹哨，便是唱歌，又因有許多笑話要講，忙著打手勢，手便不大放在駕駛盤上。一部機車威風凜凜迎面而來，司機一腳煞下，彼此失之交臂，是誰闖的紅燈一時不易辨別，我們倒抽口氣。

「放心！」司機說：「這兒紅燈不是命令，只是建議。」

我們的車子雖然步伐踉蹌，但卻永不超速。意大利云云，不綁安全帶不罰，醉酒開車不罰，唯獨超速絕無漏網餘地，所以我們的司機手與嘴巴不論多忙，踩在油門上的一隻腳永遠輕重有度。

太陽道上，看見一名被截的司機和巡警在路旁談話，頗似兄弟。據稱巡警往往比國法仁慈約一半：不拿收據的話，罰款折半，皆大歡喜。

太陽路上，我們吃午餐的飯店巧遇婚宴喜慶。客人還沒有就座，一兩百人黑壓壓的鑽滿一屋。人人穿紅戴綠，銀綢金光，連推車中的嬰兒亦含著大紅奶嘴，蓋著繡滿藍心紅心、心心相印的小毯子，真叫熱鬧。

不久，新郎新娘出現，喜筵行將開始，客人突然雞飛狗走，像玩大風吹一般的搶起位置來。

「筵席一吃得吃五、六小時的。」司機見我們驚奇，為我們解釋：「總得找個談得來的人坐在身旁吧。」

司機自己有三十六位老表，其他三姑六叔更不計其數。親戚一多，就免不了恩恩怨怨，甲不睬乙，乙不睬丙。紅白大事、家族大團圓的時候，當然就得搶位置，跟冤家同坐不消化嘛！意南民風是大家長制，恩怨兩深，有仇也必報，世世代代忙得不可開交。

筵席一吃五、六小時，要多少錢？我們七嘴八舌的發表意見，不

吃到破產嗎？多麼浪費！

「破產，有可能。」司機說：

「浪費倒不會。吃不完大家用塑膠袋包回家嘛。」

小孫子、歐巴桑

意大利有一個現象令我納悶：一南一北，好比是兩個迥然不同的國家、迥然不同的民族。南方凌亂不修邊幅；遠看如畫、萬紫千紅的花卉，走近了，原來都插腳垃圾堆中。然而北行，一過了羅馬，好比七彩碎玻璃入了萬花筒一般，驟然都排列成井然圖案。葡萄園不只攀爬俐落，果樹棵棵距離相等，一枝不紊。居然連夾竹桃、芙蓉、杜鵑也都一一修削成樹，亭亭玉立。奇怪，同一個國家，但究竟同不同一個民族？怎麼一些人就這樣的懶得收拾，而另些人卻這樣的不厭其煩，光是貧富之分似乎不足以解釋。

走在中部眾多古老的山城，山頂上彷彿煙囪林立，高矮不一。待爬到山頂，才知道「煙囪」原來是古堡上的高塔。古堡當初是為各家自衛，冤家對壘，例如羅密歐與朱麗葉兩個家族。後來塔壘越疊越高，最後成了各家榮華富貴的競賽。

這些中古山城老鎮乃是國寶，維護極佳。小鎮一律以山頂一座大教堂，所謂duomo（「神的家」）為中心。教堂周圍一個石砌大廣場，廣場周圍路巷放射下坡；duomo有如心臟，小巷如散發出去的血管。

斜巷連綿不斷，必要時，用石級銜接，彎來曲去，有如一條匍匐慢行的花蛇。花蛇穿過一屋又一屋，所經之屋，居然挖空了讓牠通過。這種巷中有巷屋後有屋，象牙球似的市井風景，誘人流連，身不由己。

重重小巷中，最令我矚目的是各戶的大門，扇扇厚重古雅，其上銅鎖鐵扣，還看得出古老鐵匠的鎚印。

只是有一個危險，幾個拐彎抹角便是方向全失。待你突然覺悟還有十分鐘便得集合上車時，只見頭上一線天，四圍東南西北莫辨，家家大門深鎖，唯一生靈是一隻灰貓蹺伏路旁，半開著眼，有一種夢魘的感覺。

惶惶拐了幾彎，幸見一巷尾圍坐著四、五個婦人，邊打毛線邊聊天。飛奔上前求問duomo在那兒？婦女七嘴八舌熱心有餘，可惜聽者智慧不足。終於一位老太太自屋中喚出一個小童，想是她的孫兒，老太太吩咐幾句，便示意叫我們跟孩子走。

孩子領我們拐了三兩彎，爬了幾梯隱徑，教堂便赫然在望。我們欣喜之餘，塞給領路孩子一紙鈔票以示感激，但孩子笑著搖頭，無論如何不肯收受。

旅行有時是應當在民間迷一迷路的，會得到意外的啟示，不然還以為全意大利都是賊，都站在洗手間外，趁人之急，攤手勒索。起碼這是我在中文報紙上讀到的印象。

這種「勒索」，歸根究底其實也是天經地義，甚而值得提倡。意大利的公用洗手間由工人私營，舉凡清潔、供紙都由工人包辦。工人敬業，付錢應當。輕賞之下已有勇夫，實在勝過免費的窒息。

有一次，在一間寬敞的洗手間內遇上一群歐巴桑，無一例外，個個腰粗體胖，邊幅不修，手舞足蹈的大談大笑，連在半門後邊的女人也參加一份，吵得人頭痛。心想，不知同學苒娜今日是否亦已墮落到了如此中年？若然，真是一件傷心的事。

談笑之間，不料一位歐巴桑突然唱起歌來，不一會，門裡門外和成幾部，輕快悅耳。我是唯一的聽眾，不禁鼓起掌來，她們笑著謝我，唱得更起勁。從此我不再太介意意大利人的大嗓門，反而嫉妒他們，這麼一把年紀，又這麼難看，竟然可以這麼快樂。還有，公用洗手間不掐人咽喉逼人屏息，反而可以引發歌聲，真是值回票價。

武松

山城中，最著名的自然是亞西西，聖法蘭西斯（聖方濟）的家鄉，一個非常清靜違世的小城。靜寂的斜巷中，石屋石壁攀滿了籐花，三三兩兩的灰袍修女靜靜的上坡。

聖法蘭西斯，浪子變聖人，捨己服役貧困，愛及眾生，能解花言鳥語，相傳連玫瑰也例外的為他開花而不長刺。

意大利政府為維護古城，嚴格管制建築，古區是找不到現代旅館的。幾個習慣了希爾頓的隊中人，被請進數百年的陋室中，怨聲載道，喋喋不休，甚討人厭。法蘭西斯的玫瑰沒有刺，但願刺在人不知鬼不覺時統統溜到這些人的床上去，阿們。

心中討厭這些人還沒討厭完畢，一入房門，但見牆角上掛著一尾四腳蛇，又或者是巨型的壁虎？側著尖頭一動不動，只有眼睛在骨碌打轉。

我腿一軟，一聲慘叫，招來了兩個工人，一男一女。查明究竟，二人分明認定我幼稚十分，但也笑嘻嘻的接受挑戰。

男僕彎腰撿起我一只拖鞋，讓我飛快搶回。他於是以己鞋代之，像小孩採蝴蝶一般，輕輕走近一撲。鞋一落牆，鞋虎混戰一番後，那禽獸竟然竄入了窗門之中。

窗門雙層，外是木板內是玻璃。四腳蛇像標本一般肢展在木板之上，玻璃之下，簡直嘆為觀止。兩人於是合力將整扇窗門卸下，擔架一般的抬走。

不久，男僕獨自扛著窗門凱旋而歸，窗回原處。我和這位意大利武松合拍了一照以茲紀念。

後來想想，在愛及蟲鳥的聖人聖地上，解決了一條既不傷人又沒管閒事的壁虎，竟然是我朝聖之旅的高潮，可嘆。

士碧哥拉

我們的車子駛往翡冷翠之日，大雨連綿。行到高處，烏雲抱山煙雨迷漫，連日歌不離口的司機也啞了嘴巴，只意大利式的直呼媽媽。

快到翡冷翠時，迎面濃霧中，驀地爬出一部一人小車，玩具似的，侃侃而來。司機哎呀呀一聲連忙煞車，千鈞一髮保住小車一命。煞車的巨響，小車竟似充耳不聞，繼續我行我素的逆向前行。司機說，該不是翡冷翠的瘋子吧！

翡冷翠俗譯佛羅倫斯。

提到文藝復興等於說意大利；提到文藝復興時代的意大利，就等於是說翡冷翠。世界名畫一半出自意大利，意大利名畫一半出自翡冷翠。有史為證。

負面方面，道聽途說，翡冷翠人牙尖嘴利，目無尊長，飯館服務生尤其超級流氓。這是不是驗證了中國人所說的，天生有能者必有病？不知道，但以我驚鴻一瞥的經驗，翡冷翠人物確是別有聲色。

入城時雨霧漸小，但雖是正午，天地卻似暮靄覆蓋。霧中但見滿目古屋，蜜色牆紅色瓦。城之中間一川河流，幾道短橋。橋下河水紋風不動，朦朧倒影著兩岸古老的高樓。空際遠遠近近點著古堡教堂的塔頂，其中最矚目的一頂，紅色分瓣瓜皮帽形狀，聖馬利亞（聖母百花）大教堂，是翡冷翠的標誌。

雖然下雨，我們立志不惜糟蹋鞋襪，仍抓著機會尋訪一番。翡冷翠極便於遊逛，名勝古蹟四通八達，盡在步行之內。

川流於大街小巷間，只需認得幾個字，就能猜出「米開朗基羅」曾居於此之類的標誌。真是寸寸名勝步步古跡。

窄窄小巷中，雨暫歇時，偶有三三兩兩的市民或店員伙計出來閒站聊天。嘻嘻哈哈、談興極盛的模樣，叫人實在不好意思在他們之間穿插而過。可幸行人猶疑的時候，多會有人發覺，便將手舞足蹈正在主講的同伴一把抓住，好讓行人通過。被抓的人，呼吸不止半拍不漏，嘴巴反而加速，聲音加大以補手勢之不足。好一個健談得驚人的民族。

在翡冷翠我們下榻的仍是幾百年老屋。房間得越過一片草地才能到達。風吹雨打，諸多不便，所以決定把晚飯早早打發掉才回巢，就不必再夜出了。

可或者真是太早了，飯廳中空無一人。站了好一會才有個伙計來招呼我們一桌人坐下。小伙子黑白制服筆挺，濃眉黑髮十分英俊，來去半走半跳搖頭擺腦，像是跟著一首歌的節拍。

我向他要了一客沙拉，一客墨魚麵，前者為健康，後者討新奇。

小伙子連連點頭，表示贊成。

同桌的美國夫婦一個要小牛肉，一個要「士別哥拉」（一種魚），外加各式小點。

「士碧哥拉！重音第二音，」小伙子不耐煩的插嘴糾正，也不記下所點的各項，並且頻頻搖頭反表決。

「士碧哥拉，小牛肉，差不多啦！」他說：

「我勸你們還是跟這位女士叫同樣的，大家都吃墨魚麵，怎麼樣？」

「我不喜歡墨魚。」美國先生說。

「墨魚？」太太問：

「我們吃過沒有？」

「怎麼沒有，上次到海邊，查利給吃的，嚼來像口香糖，又不能吞又不能吐的那個鬼東西嘛！」

「那麼番茄麵怎麼樣？」小伙子說。

夫婦二人眉毛高舉，表示難以置信。

「肉汁麵呢？」小子繼續獻議。

「我要小牛肉就是小牛肉！」先生發火了。這位仁兄一路上肝火都旺，怨言喋喋，這是唯一一次有理由的。

「OK！OK！」小伙子一百個不情願的投降了。

我的沙拉來了，菜青番茄紅，新新鮮鮮的一大盆，足夠吃四五個人。我看了大喜，因為連日餐食肉多菜少，極不合胃口，勉為其難，一路上買水果補充，幸而意大利的水果不俗，尤其葡萄，大如龍眼，又帶奇異的荔枝香味，但水果仍是水果，菜歸菜。

墨角麵則是黑嘛嘛的一團，像泥塘裡鑽出來的蚯蚓。黑色是不是墨魚的墨汁，不知道。

美國先生見了，喜形於色，慶幸自己有先見之明，未曾上當。

但墨魚麵吃來十分可口，像廣東人的曹白鹹魚。這一頓吃得開心之至。

我們吃著，廳中客人漸滿。鄰桌也是美國人，挨過來參觀我們的菜式。我向他們推薦我的沙拉。

客人滿廳，而跑堂仍只小伙一人，我心想，這一下小伙子大約再無閒暇在客人點菜時逐一投票了吧？但見他拿著菜單，每桌都仍舊指指點點，依然故我，時而威逼時而懇求，一副不到黃河心不死的模樣，實在令人嘆絕。

鄰桌的沙拉來了，跟我的有天淵之別，只有小小的一碟。客人叫小伙子來理論。小伙子笑嘻嘻的說：

「沙拉沒了，給這位女士（指指我）吃光了！」

次日大家傾談，知道人人都莫名其妙的被他逼著吃麵，也不懂是何道理。究竟是廚房缺貨，還是小伙子要趕約會，一切從簡，越早關門越好。

翡冷翠的飯館侍應，大家事先都稍有所聞，但仍沒料到會碰上這麼一個滿貫，都認為可遇不可求，大呼不虛此行。

苒娜

次日我們到達威尼斯，此行的最後一站。

我們全套行程以及沿途電話號碼，在出發之前早已寄給苒娜。奇怪，連日並未接到她任何音訊。一住進威尼斯的旅館，照例又再馬上查問，亦無消息。

肯定是不會見面了，便抓著日落前的片刻跑出廣場去趁趁熱鬧。

聖馬可廣場，雨後斜陽像探照燈般，由雲底將幾抹烏雲周圍照個通紅。繞在大教堂後面的黑雲縷縷，托著紅光，和教堂的拜占庭色彩互爭鮮艷。夕陽未沉，但廣場四周騎樓底下已經萬店燈火。咖啡廳的夜音樂，亦已此起彼落鑼鼓齊鳴。

河邊，童軍帽子一般的小黑艇，正在招攬客人，我們迎上，剛好成全一艇六人。

上船後，又復開始毛毛細雨，分不清是小雨抑是大霧。煙雨迷濛中，我們的小舟在運河小支流中靜靜滑行。這些小支流，即是威尼斯屋後的小巷和里弄。

小河兩邊的住宅，在木百葉的遮掩下，燈光極為稀微，而且都在二樓以上。小舟兩旁的底樓，漆黑一片，磚牆上霉苔斑駁。這是因為威尼斯有下沈趨勢，底樓經常氾濫，多已不能使用。

船夫指給我們看，這是馬可波羅的故居，這是什麼那是什麼，可惜看起來都是千篇一律的腐朽，霉臭撲鼻。果如王爾德所說的，好似躺在棺材中旅行下水道，可也是一個不可多得的經驗。

小舟滑離里弄小河，漸近出口時，空氣開始流暢，驟轉清新。入了大運河後，那真完全是另一個世界了。

這才是圖片上的威尼斯。運河兩岸，故宮古廈燈火輝煌。濃霧掩蓋了遠處拱橋橋燈以及岸上街燈的燈柱，燈不著地，彷彿串串燈籠浮在半空之中。聖馬可的庭台樓閣，在迷漫煙雨中更是虛無縹緲若隱若現。我不曾遇過比此情此景更為如夢如幻亦花亦霧的景象。

入夜了，便往回走，反正次日預告大放晴朗，苒娜肯定不來了，還有一整天可盡情逛走。如此心情計畫下，不料就寢之前，卻突然收到了苒娜的電話，反而有點亂了陣腳。

原來苒娜前天才收到我兩星期前自家中寄出的行程表。

「我在亞西西寄出的信收到嗎？」我問。也沒收到。十天居然也投遞不到一封本土信。

「意大利的郵政就是這樣了，」苒娜說：

「一塌糊塗！」

「真的是一塌糊塗！」我幾乎也衝口響應。馬上記起這些郵差是苒娜的同胞，由她自己罵比較合適。

「打電話到你們這兒，」苒娜說：

「又接錯了房間！名字是你的名字，聲音又不大像你的聲音，大家牛頭馬嘴的講了一陣，才斷定是找錯了人……」

我的英文名字實在是太普遍了，在美國家中，便經常接到些同名同姓亂七八糟的電話和信件，但是在威尼斯旅館中也同時住著兩個我？那真是難以想像了。

我勸苒娜，算了吧，不要老遠跑來了，但她仍然堅持能來還是一定來。

「問題是，」她說：「這幾天我們的火車罷工。政府雖下令明早復工，復得成復不成還很難說。如果我搭得到車，中午總可到達……」

約好中午等她一小時。

「我不會遲到的，」苒娜說：「等一小時不見人就是來不成了，就不要等了，不要浪費了你觀光的時間。」

這是意大利式捉迷藏。後事如何，令人好奇極了，只是苦了苒娜頗不過意。

在旅館廳中等候苒娜的時刻，心情複雜，有點近鄉情怯。

記憶中的苒娜，栗色微捲的秀髮，淺棕色透明的眼，笑盈盈的十分可人。身段不高但是勻稱豐滿，冰淇淋吃多了，還不免自責自艾。

想到山城中遇到的那一群意婦，個個臃腫，粗聲大氣。經驗告訴我，她們也不是沒有可能曾經花好月圓美麗端莊過。

我定睛打量著每個進門的婦女，人人都不像又好似人人都像苒娜。

我仍在注目的時候，忽然有人喊我，還來不及辨別方向，苒娜已經將我一把抱住。

我們相擁相認大呼小叫不亞於山上的婦女，周圍的人都望著我們。

原來苒娜早到了，已經在廳的另一端坐著等候。

「你一點沒變，」苒娜說，「我一眼就認出來了！」

「全廳只我一個東方人，不奇。你才真的沒變。」

「了不起啊，比年輕時還清秀苗條！」

「哎呀哎呀，老咧老咧！」大家又自我菲薄一番。

「女兒沒來？」我已經帶了一塊玉珮做見面禮。

「她想來極了，但我不允許。她明天考試，拖拖拉拉的還不曾好好用功。」苒娜說：

「唉，告訴你，這個女兒啊，真是給她氣壞，從小就不好好唸書，整天就愛玩，還染頭髮來著！」

「綠色？粉紅？」我想到一些阿飛的七彩頭。

「不，染金。」

「那你還抱怨什麼？起碼像個人嘛！」

苒娜帶了一大疊家人的照片給我看。

「女兒很漂亮。」我打量著相片中的人：

「像你……也像你的父親。」

苒娜連老父的照片也帶來了，母親已逝。

「這個女兒不知給我添了多少白頭髮，」苒娜說：

「一腦子都是男朋友。」

「幾歲了？二十？哎呀，那不正是我們從前的年齡嗎？那時你跟那個叫什麼Sun Moon的韓國男孩不是也瘋了一陣，還抱了一個半個人高的狗熊回來？」

「那不同！我最少讀書讀到半夜三更嘛。」

「我看你頭髮一根也不見白哩。」

「白啦白啦，我們意大利有一種山草藥可以用來洗頭的……」

我不禁失笑了。

「你可以用藥洗頭，女兒不可以染髮！你可以跟太陽月亮玩，女兒不可以交意大利男朋友？」

「幸而女兒沒來。」苒娜說：

「不然聽你翻我的舊賬，回去可更不就範了！」

我們要談的多，時間苦短。兩三小時，苒娜又要上火車了。她得在午夜前回到家中。談話中我想起曉芬娜。

「苒娜，你記不記得你回國後，我又結交了一位意大利同學？」

「好像有印象。」

「她是威尼斯來的呢。」

「真的？要不要找她？」

「幾十年沒有音訊了。」

苒娜好奇，向掌櫃的要了本電話簿。

「葛利……葛利．曉芬娜。」苒娜喃喃的找著。

「你看，有三個，其中一個還是個博士呢。」

「如果其中之一是她，那麼難道她沒有結婚？」

「要不要打個電話試試？」苒娜問。

「葛利女士嗎？」我心中揣摩著：

「對不起，請問閣下去過美國唸書沒有？你記不記得……」

「不了，」我跟苒娜說：

「還是不要打擾她的好，而且極可能三個都不是她。」

有些故事雖然短，但是已經是完整的，續集不只多餘，甚而幾近非禮。

「那麼，來，」苒娜說：

「威尼斯我滿熟的，帶你觀光去！」

以上會面之後，一晃又是好些年了。每年聖誕，照例跟苒娜交換訊息。有一年，苒娜的來卡超常的大、超常的厚。打開一看，內夾一張放大照，一雙笑盈盈的眼睛，熟識不過，有點納悶為什麼苒娜給我寄來一張年輕時的照片。相片中人一身越野旅行的裝束，興高采烈行將出發的模樣，想起了苒娜離美歸國的暑假，曾經跟著一組美國同學自助旅遊美西峽谷。我認定這是該次一張得意的紀念照。人老了便是懷念當年勇。

我拿著照片反覆欣賞，會心微笑，因為近日我發現我們中國大人物的一個秘密，例如我們的蔣總統和毛主席，都喜歡選三兩張比較如意的照片畫像，一輩子翻印御用，可收永不衰朽之效。看著相片中青春煥發的苒娜，更肯定這是個好主意！心想，哪一天讓我也來翻翻自己的老照片。

照片欣賞完了，便打開苒娜的信。一看之下，打了個寒噤。原來那不是苒娜，是苒娜的女兒，半年前去世了。女兒想望已久、積蓄有年才買下來的一部機車，第一次長途旅行，在阿爾卑斯山上，便人車同歸於盡。苒娜的信，不忍卒讀。

閉上眼睛回憶著意大利之行的種種。和苒娜的女兒緣慳一面，沒料到就這樣落花流水天上人間後會無期了。人生之莫測人生之無奈人生之須臾實難想像，誰會想到一面之緣，往往原來亦是無價稀珍。那次未曾計畫卻又有幸緣交一面的朋友，那同機的男孩、唱歌的司機、帶路的小童、打虎的武松、歐巴桑、跑堂的小伙子，不知別後又如何？

也。談。簡。樸

美國人一提到無人不以為然的事就説，這事好比「motherhood and apple pie」嘛。「母職」之不可侵犯，眾所周知；「蘋果夾心餅」老少咸宜，亦無異議。「簡樸」對中國人來説就是這樣，一如美國人的蘋果派，任誰都不會反對，實不實行、如何實行是另一回事。

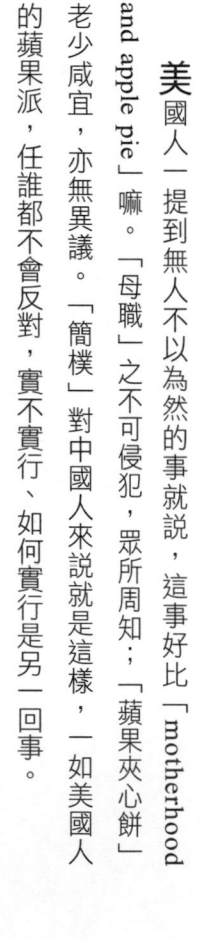

在美國，起碼太平時候，沒聽過把「簡樸」拿當國策來提倡。個人為著某些理想、某些原則來實行簡樸當然有，但呼籲全國一起「艱苦樸素勤儉持家」，可説是「非美國行為」。正好相反，消費好似是美國對人民的期望，國家有時懇切到幾乎是跪在地上求你多多花錢。人民也合作，有錢沒錢，往往都能超額完成任務。美國人這份瀟灑離我們很遠。

中國人，也許因為我們是個太過成熟、太過認命的民族，先天下之憂而憂，後天下之樂而樂，「簡樸」更是古今公認的美德，這一點連國共都可以合作，同喊口號。可以打賭，雷鋒同志種種甲等操行之中，不言而喻，必定也包括「簡樸」。模範人選本來就是善於克己、善於臥薪嘗膽的人。臥薪嘗膽的人不簡樸誰簡樸：如此類推，若要選簡樸模範的話，仍然非雷鋒莫屬了。

問題是那一個雷鋒？我認得的簡樸雷鋒太多了，我甚至可以這麼感嘆道，哀哉！我是個簡樸的人，又住在簡樸的民中，大家功德都不相上下，誰拿冠軍才好呢？

作為我們這一代早期一點的留學生，時代使然，國運使然，家運使然，艱苦樸素，少有例外，自食其力是起碼，有些同學甚至還得無中生有的寄「美金」回國幫補家用，人人一心一德打工企檯洗碗打掃看孩子，甚至還有人為農夫收割莊稼，無粗不作苦工苦學。時勢造英雄，我們那一代的「新長城」，真的是用我們的「血肉」所築出來的。看，我不是說國共合作嗎：對我們這一代人，贊成也罷反對也罷，簡樸已經成了我們的第二性格了。問我們的第二代就知道。

其道不孤

史丹福（真名，他哥哥叫康乃爾。）有個簡樸的媽媽，所以他自小穿著簡樸，但是阿福仔的衣服倒不算少，哥哥的舊衣服也穿，姐姐的舊T恤也穿（因為男女無別，起碼的標準，他媽媽是有的），有時連別家哥哥的舊衣服他都有得穿，因為他媽媽和團契阿姨們不時會大包小包的彼此贈送交換：我兒子未穿破的衣服請你兒子繼續努力。

那年代，史丹福的媽媽、阿姨們，有時連大人的衣鞋都彼此承繼，她們的口頭禪是：這件衣服還是好好的。其實老實說，她們那些衣服早該丟掉，因為連救世軍的窮人都會嫌太過古老，慘就慘在這些衣服好像穿來穿去都不破。近年來算是好得多了，因為史丹福的姐姐開始工作，當了律師，置了許多女強人新裝，舊衣服一概留在家裡，於是媽媽便都撿來穿了。就這樣，史丹福的媽在一把年紀之後，突然間時髦了二、三十年。

說史丹福的媽媽和阿姨們從不買新衣服嗎，那也不對。百貨公司不時大減價，比喻說，百元的衣服二十元就可以買到，八十元不賺白不賺，這樣的浪費，媽媽和她那批阿姨是辦不到的，只是回來仔細一穿，有時不是太大就是太小，你以為她們那就會拿回去退嗎？不一定，那八十元她們還是捨不得放棄，就這樣，因為節省，廢物就多起來了。他爸也好不到那裡，平常性子急，但找起便宜汽油來有無比的忍耐，繞來繞去繞好幾十里。同爸媽講邏輯，史丹福慢慢認命了，免談。聊可自慰的是，史丹福其道不孤。

他的好朋友亞力山大想要部新的腳踏車，一開口，他媽就牛頭馬嘴的講他們小時候怎樣只是跳飛機，抓沙包，養蠶蟲……。

「媽，這跟我有什麼關係？」亞力山大說。

「什麼關係？」他媽眉毛一揚，說道：

「美國人的好處不見你學，就學他們浪費貪新厭舊。看，爸這部腳踏車不還是……記得我們是中國人……。」

「Forget it（算了），」亞力山大說：

「我後悔我開了口。」

已經太遲了，他媽囉嗦完一輪之後，沒錯，腳踏車買還是買給他了，但是得不償失，亞力山大從今以後每星期六要去學中文，還連累了史丹福。亞力山大媽和史丹福媽一溝通，連史丹福也被逮去上課了。

史丹福的哥哥上大學，需要一部車子。他爸說，他可以將家中的老爺車開走，還自告奮勇這幾天什麼地方都不去，定工替他翻修妥當，保證可以行駛如夷。史丹福瞧瞧那部像滾完泥坑的大笨象似的老車，又瞧瞧哥哥，不怪他面無喜色，想想如此這般考入了哈佛，又有什麼意思。

「車子舊是舊些，」史丹福的媽承認：

「但是舊又怎麼樣，你媽入研究院時連舊車都沒有，地鐵罷工，我和室友徒步走，足足一個小時才走得到學校。就是有車子的人，你知道是什麼車子：李叔叔……」

一講到亞力山大的爹，史丹福的哥哥說：

「知道了知道了，李叔叔的車子最厲害，連走都不走，原地踏步！媽，李叔叔的車子不是老，是死了。」

老李入研究院頭一年沒有獎學金，不衣不食幾十元血本買了部老掉牙的卡的麗，坦克車般的結實，就是三日兩頭便走不動了，最後壽終正寢於學校停車場。那年代停車場往來自由，不像今天天羅地網。虧他想得出，不動就不動，既來之則安之，乾脆拿來住，每天在實驗室梳洗，連房租都省了。老李這傢伙，你不能不佩服他節省得有創意、節省得瀟灑，他連太太前任男朋友的T恤都不扔掉，都拿來穿。

「媽，那是你們的古代歷史，跟我有什麼關係呢？」史丹福的哥哥說：「不走的車子，你認為實用嗎？」

他媽眨了幾下眼睛，一眼望見我，抓到了救星似的。

「你看，」她說，語法轉成現在式。

「人家陳詠阿姨他們的車子有多老，人家還是教授呢，你連個大學生都還不是。」

本來一直站在旁邊欣賞喜劇的我，忽然聽見自己的名字，嚇了一跳。哎呀，不是嗎，我家兩部車子，因為主人低能，里數不多，所以還不曾積勞成疾到討人注意的境界，所以想都不曾想過，原來「新車」一算已經十一齡，「舊車」……我看……比「新車」大兩年，嘩！若是小孩都上中學了！

史丹福媽意猶未盡，還繼續的高舉這個叔叔阿姨、那個叔叔阿姨，要兒子們學雷鋒。史丹福的哥哥話到嘴邊就剎住了，大約想起英雄榜上有分的陳詠阿姨在場。看他憋得辛苦很想笑，記起了尼爾・西門（Neil Simon）的喜劇《迷失在洋卡斯》中的ABJ（美牛猶裔可如是稱嗎？）小兄弟倆。二人討論簡樸刻苦成精的奶奶時說：「我怕她，她小時候被馬壓到，到現在還不曾吃過一粒阿斯匹靈呀！」

一念之差

我忽然醒悟，跟老奶奶一樣，我們是一批無意雷鋒啊。我們的簡樸是由當初的逼不得已，演變成後來的習慣成自然，有時就免不了得時不得時，條件反射不經大腦，缺乏邏輯啼笑皆非了。簡樸是美德還是疾病，一念之差。

若是病，我看此症又分先天與後天。老奶奶和我們且算是後天症候群。以下羅斯福總統一族是先天。

貴族出身的美國總統羅斯福，在任期間，白宮的膳食出名的襤褸，主要因為管家女士是個簡樸法西斯。總統屢欲辭掉此人，卻苦於不夠勇氣。不過白宮餐宴的失禮，據稱總統本人也是個無意幫凶，也得負部分責任。

總統午宴完畢，往往會呢喃道，「我不是說每人一只蛋的嗎？

為什麼變成每人兩只蛋呢？」此外，總統作為司餐的主人，其刀工之細，嘆為觀止，有客為證，半隻小小的火雞，總統有本領切出十七薄片來饗賓客。

於是我又恍然大悟了，羅斯福是位優秀的總統，是戰時自由世界傑出的領袖，當然不是沒有大腦的人。對了，即使有大腦的人，大腦還是不能全時間勞動的，也得需要休息，寬容寬容吧，因為他的貢獻已經夠大了。只要真有大腦，不用則已，一用起來可驚人哩。

這點，我另有比較卑微的例子。

我們團契二、三十年歷史，對我來說，這些年來最可懷念的，就是碰到了許多位史丹福爹媽、亞力山大爹媽，一批苦學生出身，簡樸成性的同胞。

團契成立初年，留學生絕大多數單身，為著他們的需要，團契每周聚會之前先有簡單聚餐。那時，除了我先生開始工作有收入外，其他人全是窮光蛋，事實上，大部分還都是靠微薄獎學金維持生活的學生，有理無理，山中無鳥，凡是已婚的（因為有廚房），全都加入了服務行列。

團契膳食幾十年來由我負責分工。回想起來覺得不可思議，一批捉襟見肘、簡樸成性的人，輪到他們「值日」的時候，大腦一動，簡樸本能馬上轉到神志清醒的浪費，無變為有，大鍋子買不起，整日勞苦小鍋子煮完一鍋又一鍋，直煮到夠為止。數十人如一人、數十年如一日，我這個負責人沒有後顧之憂。我唯一一次額外工作，就是有一天遇到大減價，無法抗拒，一口氣買了四、五只大鍋子分給學生家庭，每家一只，因為他們實在太窮，小鍋子也煮得實在太辛苦了。至今，我每逢想起這批有來有去大多已失聯的前後同工，滿溢之情難以言喻。

作家王安憶說，簡樸的生活其實是清醒的生活。那應該是指經過大腦的簡樸，有意義的簡樸，值得提倡的簡樸。可世界上還有很大一族簡樸成性的糊塗人。不錯，大腦永遠缺席的簡樸實無可取。你若問我，揮霍無度與簡樸無度之間，我寧願那一極端，不用說，我當然寧願前者。和闊佬做朋友，起碼好玩些，說不定還可以吃吃滿漢全席什麼的。簡樸無度，自己蕭條，別人蕭條，連國家經濟都因他而蕭條，何苦，這個朋友讓給你。

福音書中，那個倉庫越蓋越大的財主，我常猜此人除了「賺得全世界」之外，一定也「省得全世界」，他的倉庫中粒粒皆辛苦，因為他好像需要同自己一再的打氣，才肯考慮花錢似的。糊塗到底不只沒有可取而且危險，像上述那位白宮管家，幾年後，終於因為不准杜魯門總統吃宵夜，而被杜魯門夫人炒了她的魷魚。大快人心。

倘若要寫聖經小說，人物中又有上述財主，管錢囊的猶大，奉獻兩個小錢的寡婦，以及倒香膏的馬利亞，照我的猜測，四個人物都有可能是以節省簡樸的姿態出現。

兩個弱女子，不花費則已，也無費可花，但是一花起來豈是「漂亮」兩字了得。相迎之下，兩個大漢，一毛不拔，怕痛，除了節省還是節省，除了簡樸還是簡樸。

簡樸，除非揮霍有時，不然，可真是世上最糊塗的浪費啊。

抱。琵。琶

近年影壇有個特殊的現象，就是一連串的古典文學名著重新被搬上銀幕。詹姆士（Henry James, 1843-1916）的《淑女肖像》（又譯《伴我一世情》，*The Portrait of a Lady*）和奧斯汀（Jane Austen, 1775-1817）的《理性與感性》（*Sense and Sensibility*）便是其中之二。兩本書曾經是我學生時代的喜愛。這次影壇的刺激，特別又拿出來重讀了一遍。時隔數十載，由人生隧道的另一端回望，發現從前手不釋卷一氣看完的兩個男女恩怨，情節簡單的故事原來極耐人尋味，是一個「抱琵琶」的故事，而「抱琵琶」也就是人生的故事。說來話長，還得先從我的唐人餐館經講起。

美國的中國飯館，名字和菜式都差不多，起碼初期的館子是如此，尤其大學小城，飯館不是湖南、就是北京香港之類，而且店店都有湖南牛、北京鴨、香港雞；甜酸肉和蘑菇雞更不在話下。這可能是書生老闆半途出家前車可效的結果。館名現成、菜名現成，利於推廣，菜式正宗不正宗誰也不知道，連老闆自己都不知道。反正湖南牛帶點辣，北京鴨有層皮，說了牛肉就是牛肉，鴨就是鴨，蘑菇就是蘑菇，簡單明瞭，靠不住中的還算靠得住。就這樣，不多久，美國人果然就都湖南牛、北京鴨、甜酸肉的朗朗上口了。

只是世界永遠在演變中，隨著移民激增，華僑社區祖國化，正在大家熟悉了幾道常見又大致還算名副其實的菜式之後，中國菜卻又上了一層樓。菜的內容沒有大變，變的是名字，名字開始越來越國化，越來越文化。原來的俗名俗姓打入了冷宮，都用起藝名化起妝來了。館子越自鳴高級，菜名便越發神祕，西施東施，人人抱個琵琶半遮臉。琵琶後面是什麼，葫蘆賣的什麼藥，誰也不知道，連自己都不知道。

鳳眼含笑

有一次我們請美國人吃飯，席上一位客人說：

「陳詠，麻煩你將Moo Goo Gai Pien遞過來好不好？」我一時聽不懂，搜索了一下，才領悟他要的是我前面那味食譜上美其名為「千金雞」的東西。

馬被指為鹿，唔唔嚇了一跳。看看果然不錯，雞片，筍絲，蘑菇，外加了幾片黃瓜，跟蘑菇雞片實無兩樣。什麼「千金」，食譜愚我，我又自愚嘛。

後來經朋友開竅，方才知道原來黃瓜橫剁可稱金錢，取其形，是為「千金」；不然又可喚作「碧玉」，取其色，例如「碧玉是的球」（「是的」是廣東人牛排之稱）。周遊大埠歸來後，我拿著筆記簿又請問廚藝夠格的朋友，那麼「芙蓉香液玉環」又是什麼？「鳳眼含笑」呢？朋友說，無稽，講笑有限度！

一、二十年前，作家保羅．疏柔由大陸旅行歸來報告說：中國的菜名，正如中國人生活的許多層面，一貫浮誇有名無實。菜名個個輝煌，出處無不顯赫，其實一樣色一樣味一樣咬不動。

慢著，其他層面且不說，光講吃的話，你若問我，西餐的莫名其妙不亞於唐餐。人證物證。

有一次在美國飛機上，開飯之前，派餐的服務生宣布說：「咱們今天的餐食共出兩款，悉聽尊意，任選其一。兩款餐式的名字各有顯赫，排場各有精彩，但是吃起來呢卻是大同小異得出奇，所以閣下若是拿不到你的第一選擇，不必失望。」哄堂會心大笑。

其實何止吃菜，人生亦大致如此，尤其是最嚴肅的婚姻大事，所以才有錢鍾書的《圍城》，城外的人想衝進去，城裡的人想衝出來。

為什麼？因為根據魯益師（C.S. Lewis）的觀察：世上還不曾有一樣東西是以其真面目存在的。換言之，世事之為世事，人之為人，抱琵琶根本不是業餘兼差，而是全職擁抱，沒有例外。這也許是亞當夏娃無花果葉的遺傳。

選菜也罷，選人也罷，其實連國與國之間辦外交也罷，歸根究底，全都是一個「抱琵琶」的故事。

談到外交，有西方學者認為，中國許多禍患是由前清外交的不切實際所導致的，換言之，是由抱琵琶抱來的。

十七世紀，清廷解禁，容許西方使節入京。這個空前的機會，對西國意味著商業利益、財源滾進，各國爭先恐後蜂擁而至。這些西方列強，每個國家本都已有現行基於平等互惠、不亢不卑的外交禮節。可是清廷全不買帳，堅持各國必須以臣服之禮來朝，包括三跪九叩以及使用自卑自賤的套語。大使們不樂意，請求免去這些他們認為是污辱國格的繁文縟節。

清廷不讓步，採取軟硬兼施、顧左右而言他的辦法。當代西方男士時裝，大帽大領燈籠袖燈籠褲蜜蜂腰臘腸襪尖頭靴。清廷大臣們一面打量來人那一身奇異，一面表示關懷道：「閣下這身衣服，下跪的確是不易的……換上唐裝就方便多了。」總而言之，非叩非跪不可，不叩不跪不見。

長話短說，清廷既不肯退讓，各國又求財心切，終於自然還是不得不妥協，破例叩跪，尊嚴掃地，但求一本可以博取萬利。

西方這些見錢眼大、不惜犧牲原則的所為，約翰·維里斯認為，助長了清廷的天朝意識，促使庸人自大，外交越來越不切實際，終至後患無窮。

世界的後患，洋人可以討論自己的功過，清朝的國運，我認為他們就不必過度的領功。因為歸根究底，每國每朝遲早都會有足夠的人材自興自滅，不必假手於人。外力不過是枝節，從來不是核心。外交應該不是辦慈善，而是絕對以自國為中心的鬥智差使。各國，各人，但憑自己的眼光、自己的理由去作自以為對本國本朝本人最有利的選擇，如是而已。結果是大智若愚還是大愚若智，要假以時日才能水落石出。到時結果往往大出意外不足為奇了，因為誰也無法逃避自己的短見、盲點。因為人之為人，誰不尋短見？因為除了短見，你還能尋什麼？我們都巴不得現在就能明察關係我們未來平安的事，無奈未來對我們是隱藏的，鏡子觀看模糊不清，雖然你的短見可能比我的短見要長一些。但是即使再長，歸根究底，誰也無法透視琵琶後面任何人事百分之百的真相，包括自抱之琵琶後面的自己真相。料事如神，只是伊甸園中亞當夏娃的妄想。當日的千金和碧玉，日後證明原來只是兩片黃瓜。別人嚇了一跳，自己也嚇了一跳。

外交不是辦慈善。但是婚姻，照我所知，倒最少有一次被稱為辦慈善，就是在詹姆士的《淑女肖像》中。

伊莎寶

詹姆士的「淑女」伊莎寶．阿綽爾，二十三歲，端麗娟秀，聰明又單純，換言之，無可救藥的天真自信。伊莎寶對人生充滿理想充滿憧憬，不容平凡不耐羈絆，尤其不耐一個平平無奇忠心耿耿鍥而不捨的追求者。

故事開始，伊莎寶應邀越洋到富紳姨父的英國鄉居作客。偌大的院宇，一向只有父子二人，一老一病，二人儘管相敬相親興味相投，生活雖不乏情趣卻是平淡。此刻忽然多了一個年輕美麗的女子，一屋生輝，一村都添了顏色。

表兄妹二人一見如故十分投契。伊莎寶很快成了表兄的寵愛，表兄成了她最忠誠的守護者。不久，表兄的鄰居至友、一個憨厚正直、眾目所羨的英國貴族向伊莎寶求婚，伊莎寶輕而易舉的謝絕了。平凡的養尊處優對她沒有吸引。她要閱歷人生。

表兄納悶又好奇，不曉得這個超凡女子究竟想要的是什麼，前途將是如何。他暗地要求父親將自己應得的部分財產遺留給表妹，意在祝福她，為她正向人生熱切展開的滿帆吹送一點順風。

不久姨父去世，伊莎寶隨姨母到意大利，在那兒碰上了一位留歐已久，完全歐化了的紳士同胞。這人文化修養極高，品味超凡，代表了伊莎寶心目中最嚮往的品質。無形中更吸引她的是，他窮她富，她找到了一份最理想的慈善事業。

婚後短短幾年，伊莎寶漸次發覺，她熱切地飛翔過去的天空，原來是個樊籠。丈夫其實是個迂腐狹隘專制的人物。唯一的慰藉是，丈夫軟弱單純的女兒，她的繼女深深敬愛著她，需要她的眷顧。

痛定思痛，伊莎寶回顧自己婚姻之路，悟出一個道理。她的丈夫沒有轉變，問題在她自己，婚前誤將半月當滿月，只見明面掩暗面。她自昧的同時，不意也欺騙了丈夫。戀愛的時候，她曾不自覺的將自己縮小，以便套入丈夫的理想模型裡，換言之，她當初所展示的，亦是一個假我。丈夫婚後猛醒的惶惑，可以想像並不亞於自己，她甚至有點可憐他。她清楚明白，當初沒有人逼她，這門婚姻是她再自由自主不過的選擇。自由意志意味責任。承擔與幸福的斤兩無關。

表兄病危，伊莎寶在丈夫極度反對之下，回到英國見最後一面。旁觀者忖測著此行可能將是她一個逃脫、新生的機會。丈夫的女兒更是恐慌她去意已定，苦苦哀求她答應一定要回來。

臨終，表兄嘆是自己害了伊莎寶。

「不過他當初確是深深的愛著你的。」表兄說。

「不錯，」伊莎寶回答，「但我若是不名一文不見得他會娶我。我一直瞞著你，免得你難過。」

「其實我一切都明瞭。」表兄答道。

喪事後的幾天，伊莎寶內心劇烈掙扎，是留是去無所適從。此時她那心猶不死的最初男友追隨而至，重新向她熱切奉獻自己。當解脫垂手可及之際，伊莎寶突然猛醒，她的道路只有一條，筆直清晰無可懷疑。次日，她踏上回家的征途。

掩卷的時候，發現自己的現代意識對伊莎寶的決定心有戚戚。

伊莎寶是十九世紀美國文學畫廊女像中的首席代表，與大西洋彼岸的包法利夫人、娜娜、安娜．卡列尼娜等人遙遙相對。評論家里昂．易多爾指出，在一群為愛情為情慾粉身碎骨拋棄一切的歐陸姊妹圍繞之下，伊莎寶非常獨特，破例的深沉反省。

伊莎寶深刻的心靈自剖和掙扎，使《淑女肖像》被譽為現代意識流小說的先鋒。在拒絕順勢衝脫的時候，她堅持了自己的自由意志。

在探討自己的角色選擇承擔的時候，她由被自己、被命運愚弄的茫然，首次真正掌握了自己命運的主權。

《淑女肖像》的作者詹姆士和《理性與感性》的作者奧斯汀有一共同點，就是兩人經常都在探討道德信義的問題。《理性與感性》的道義座標其實比《淑女肖像》更加確鑿、更不妥協，那麼為什麼我看完前書，毫無《淑女》掩卷之時的遺憾呢？不止沒有遺憾，而且心曠神怡，原來其中理由耐人尋味。

愛蓮娜

《理性》的主題和《淑女》有所呼應，但情調卻是大不相同，兩書的年代畢竟相隔了幾乎一個世紀。《淑女》的掙扎，錯綜複雜，徘徊在逃避與承擔之間。《理性》中卻完全沒有這種掙扎的痕跡。在奧斯汀的小說中，道德信義是大前提，不容置疑。承擔是既定事實，沒有考慮的餘地。好比人活著便要呼吸，還有什麼好討論的？承擔不是問題，問題只在如何承擔。

《理性與感性》的故事圍繞著一對姊妹，姐姐愛蓮娜含蓄理智、心思細膩，妹妹瑪麗安熱情任性。

妹妹死心塌地愛上個負心郎。姐姐的男友剛剛相反，是個毫無疑問的好青年。旁人無不認定二人乃是天作之合，無不熱心的推波助瀾，意欲促成他們。只有愛蓮娜本人心知肚明，有苦難言。她痛知二人相遇已晚，沒有前途可言，男友早在十八、九歲無知年齡，已跟另一個女子私訂終身。愛蓮娜知道男友的人格信義是無可懷疑的。她自己亦毫無疑問，寧可失去所愛，也不願意看見他背信背義。

這種人格信義不容妥協的要求，在今日萬事相對唯自我願望絕對的時代，讀來很少有人能下嚥的了。我發現，我之所以一向不知不覺欣然接受本書的道德要求，歸根究底，原來因為條件正中下懷。謝謝書中愛蓮娜的情敵、那位心計多端、善跑江湖的女子，一面抓著那老實的未婚夫不放，一面同步繼續自我推銷、待價而沽，故事結束之前，終於讓她及時逮到另一個更加如意的郎君，更加有利的交易，愛蓮娜和男友一對有情人因此終成眷屬。這個皆大歡喜的結局大快我心，使我掩卷之下心曠神怡。

布袋戲

人之常情，我們都巴不得我們自己，我們所愛的人，不論書內書外，都無須承擔無須為自己的選擇付代價。原來不知不覺中，我們的道德觀與那江湖女子已不相上下了，乃是一種隨機應變、利益斤兩的交易。

《理性》與《淑女》的故事，是盲點短見、黃瓜碧玉馬馬鹿鹿分辨不清的故事，事實上，這不就是人生的故事。人生萬變，道德信義不變有可能嗎？萬事（包括道德信義）一路上隨變應變，以其人之道還治其人之身，誰謂不宜？這叫公平，這叫合情合理。公平合理都不錯，只是稱之為道德信義，就違反定義、違反邏輯了。隨遇應變的行為，即使巧合道德，仍然不是道德，不過是生存的本能。

其實正因為世事萬變，無可捉摸無可預測，道德信義才有可能，才有需要，才有用武之地。阿奎那說：「凡是對的事就應該是法律，凡是法律就應該是對的。」這是理想，不是現實。現實世界，羅柏潘．華倫的劇本《國王人馬》（*All the King's Men*）中的州長政客說得好，法律也者，寒冷瑟縮之夜，雙人床上擠三人，三人同蓋一張單人被，蓋不到的地方多的是。其人的天才，就是自由活用各種漏洞以達到目的。

人間法律捉襟見肘，自由意志分明有極大可以舒展、可以選擇的餘地。守法不等於道德。道德是一種不設警察的榮譽制度。聰明人智商超人，在法內法外運用種種靈巧、種種方便達到目的，不足為奇。

奇怪的是，居然有傻子在法律鞭長莫及之處自動繳械，自動接受制裁，自動加給自己諸多的不便。當然同一個人，有聰明的時候，也有傻笨的時候，這就是人，這就是人生，這就是文學好戲的題材。想想還虧得阿奎那的理想無可實現，否則世界不是只剩一齣布袋戲可看，不是唯有江青才有足夠能耐去喝采了嗎？只有一齣戲看的人生還值得來走一遭嗎？

老實說，傻子的自動接受制裁，往往說穿了，其實還不是什麼聖人的作為，而只不過是一種最基本的承擔。《理性》中愛蓮娜的對手女子，外表賞心悅目，不難想像足可叫一個十八、九歲的男孩為之傾倒。女子的勢利虛偽是未婚夫年事漸長之後才洞悉的。正像《淑女》伊莎寶的丈夫一樣，往往變的還不是「壞人」本身，不是外在的人人事事，變的反而是「好人」自己。人之為人，無可避免，天天都活在對別人對自己、大大小小不同程度的誤解，以及誤解破滅之後，大大小小不同程度的恍然大悟中。

人生真的是太複雜，人所能知道的，也真的是太過有限了，即使「壞人」可以改邪歸正不再騙人，「好人」都沒有法子從此化昧為明，凡事不再自欺欺人。人生本來就是模糊不清，這彷彿正是造物主為萬物之靈的人類所特設的考場。因為變幻莫測之中，視野卻非常有限的世界是自由意志，道德信義唯一可能的場景。一切都面對面的時候，任何決策的得失已經一目了然的時候，信與望隨即過時、隨即多餘，一切選擇就都成了必然，必然就不再是選擇。

緬因老鄉

奧斯汀的小說沒有談論信仰，為什麼作品出版之初，當作者還是寂寂無聞時，便有評論者覺察到這些小說必定是出自一個基督信徒之手？我想其中一個記號，應該是道德信義獨立於境遇之外的觀念吧。外在人人事事的變遷，包括自己的變遷，利害的伸伸縮縮全是題外話，都不能左右指南針的方向。一個義人的信誓，是大衛詩中所說的，雖然自己吃虧，也不更改。一個萬變中的不變。

聽來這頗有一點出淤泥而不染、中通外直，自我慶賀、歡迎慶賀的氣派，其實剛剛相反，說穿了，只是平淡之至的定義邏輯的問題。道德信義最基本的條件，起碼是獨立於環境得失之外，如是而已。換言之，不管閒人，不問閒事，你自己負責自己就夠了。十分乾脆。乾脆簡單到久而久之的確會變成一個不加思索的習慣，怪不得魯益師認為每一個美德，其實都是一個「慣性的好反應」而已。你認為愛蓮娜小兩口信義過度不可思議有無搞錯嗎？其實對他們來說，分明只不過是一個慣性的反應，就像下面這位緬因老鄉。

年前一位時代雜誌的記者重訪作家懷特的故鄉。懷特生前最怕打擾，家住緬因何處從來不願公開。但自從其名著《夏綠蒂的蜘蛛網》出版之後，他的隱私越來越遭侵犯，尤其每當他生日的時候，前來採訪的記者更是遞增，防不勝防。於是每年逢其生日，懷特便躲到別處去。他的去處照例只通知一個人，就是鎮上雜貨鋪的老闆。

記者這次採訪時，找到這位舊日老闆，想要知道懷特到底躲到那兒去。

「我不能告訴你，」老鄉說。

「懷特死都死了十四年了，你告訴我有什麼關係呢？」

「Sir，」老鄉不大高興的說：「我告訴過懷特先生我不會告訴任何人的。我說過不告訴就是不告訴。」

傻子，也許。邏輯，無懈可擊。慣性，肯定是；你叫他老鄉不呼吸，辦得到嗎？

影。子。走。路

我圈子內的朋友，無不良嗜好，不煙不酒不打麻將，唯喜愛收集各路「仙單」，晝夜思想如何延年益壽。大家聚首一堂時，談的都是九粒葡萄乾浸酒十只冬菇熬湯，大蒜欖油人參靈芝白果葉絞股藍，那單子越來越長無限擴張，就像宇宙中的黑洞。

跟大夥兒趕長生不老趕得筋疲力盡之餘，我終於厲聲自訓道，從此不可再聽了，聽了不吃，明明可以活到九十九的，到八十九便夭折了，覺得自暴自棄罪孽深重；都找來吃呢，又那來這許多時間精力。

打算放棄之後，自然也希望別人陪著沈淪，從此大家討論「仙單」時，我便潑冷水：「夠了夠了，」我說，「我們這批人長生不一定，嗆死是必然的了，天天要啃下那麼多的中西維他命！」

你若認為我們這批人物可笑，有兩個可能，你要不是太年輕就是太過好命，還沒有跟死亡打過照面。我似乎還沒有碰見過一個悟生之有涯的人不嗜長生不老。「嗜」這字可能用得太重，因為意味著積極的渴求。事實上，只有上了年紀或是大難不死的人才會想到希望長生不老；絕大多數的其他人，根本就未懷疑自己會老會死，因此亦無須追求。

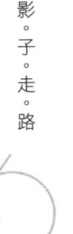

一批同道

我們一批「仙單」同道，幾十年的老朋友，當年大家一起讀書一起奮鬥，又一起在團契中並肩事奉，人人忙得馬不停蹄晝夜不分，自然亦不曾無聊到談生談死。那時根本未料到有一天會病會老，衣食住行無拘無束完全掉以輕心。當年摃到團契去給大家吃的菜，不是幾打雞蛋，就是十磅八磅珍肝，甚至八、九大磚豬肚。當年市上冷凍食物部有一種美國南方口味的豬肚肉凍磚，鹹淡辣度都意外的中國風，只要燒熱了便可上桌，沒有人吃得出是西餐，其價廉物美方便無以復加，自然成了團契的常菜。

算來那年代吃我們的雞蛋珍肝豬肚的學生哥兒們，現在亦已人到中年，肯定也跟我們一樣，有一天醒來，突然發現老之已至，血管全給膽固醇黏住了。

中國人是精於未雨綢繆的民族，沒有什麼逃得過咱們的遠見，咱們的有備無患，可是對老對死這個人人必然終局的來臨，我們這些聰明人卻似乎總是吃驚，始料未及。不過一旦驚醒，老定思老的時候，咱們也有對策，大自然的政策難不倒我們。

有個美國教授由中國旅行回來跟我說，中國人，種好，總不老的，極少看見白頭髮的人。果不其然，且看幾位元首，雖都是花甲古稀之年了，個個頭髮仍舊漆黑，跟五十多歲就灰了頭的柯林頓走在一起，你道誰比較好種？

不過黑頭髮也不一定是好事。從前美國販賣黑奴的時候，往往將老奴的頭髮染黑了才上市，亂人眼目，好標上壯丁的價錢。老奴買回去強當壯丁來驅使，這是黑髮的殘忍、黑髮的悲哀。

今人的黑頭髮不是被迫，而是自由人所作完全自由之事，你若一言譏之為自欺欺人，愚不可及，未免太過粗魯不近人情。人之為人，這兒一點膏藥那兒一點膠布是有必要的，有的瘡疤不要去揭，這是禮貌，這是給自己留地步，因為難道你就不是人？所向無懼？尤其倘若你是中國人。

一名醫師

多年前我們第一次車禍，塌了鼻子的車子垂頭喪氣的靠在公寓門前，次晨起來，發覺前窗上壓著單子，一看是殯儀館問需不需要服務？我像拿到蠍子一般趕快扔進了垃圾箱。

那年代，美國民生還遠不如今日，教堂多未有冷氣裝置，我們教會用的紙扇也是殯儀館免費送贈，上面印著他們的廣告。美國人毫不在乎，大暑天時都像羅漢一般，笑嘻嘻的人手一把大搖大搧；我一動不去動它。

後來尤有甚者，有一天牧師宣布說，人人都有一死，最近倒有個新辦法，可以死得節省一點，鼓勵大家未雨綢繆做個好管家。原來本州有消費平民發起的一個喪事合作社，三、五元會費便可當終身會員，有需要時合作社能幫忙提供最實惠的殯葬指導，不必讓商人趁人之悲大敲竹槓。美國教友果然一家一家都參加了。我的中國心只連聲喊道，大吉利是！

前些時候去見牙醫，一進診所，到處掛滿了黑紗，嚇了一跳，女職員解釋道，今日是大老闆牙醫師五十歲生日。他平常喜歡捉弄人，如今大家乘機報復為他誌哀，恭喜他老之已至。後來連我們病人也一人分到一塊雞蛋糕。黑字蛋糕吃來有點倒胃口，但我心裡直是佩服洋人之沒有禁忌。相迎之下，我家藏著一個美麗的座鐘，屢想送給中國朋友都不敢，怕煞人風景。

五十歲畢竟是個很大的里程碑，連美國人都感嘆起來了。檢查牙齒時，醫生問我：「最近的風暴有什麼損失沒有？」我說倒了幾棵樹。他說：「唉，這幾年也不知怎麼搞的，連年天災，比過去三十年加起來的還多，真叫人體會到生命是多麼的脆弱啊！」我笑道：「不是嗎，唉，一顆牙齒算什麼！」

六位博士

一般來說，西方文化對生生死死的現實，不太轉彎抹角。英文中，「人」的另一稱呼乾脆就是「mortal」，「必死」之意，一針見血。我們中國人，永垂不朽；老番，必死。必死之人怪不得個個都煞有介事的立著遺囑，雖然聽說不少老美立了遺囑也遲遲不肯簽字，是為最後防線。必死之人的理性分明亦有其限度。無論如何，遺囑基本上是西方玩意兒。我看狄更斯的小說，最讚嘆的人物是馬車夫巴克斯。一個粗人，死得如此文明，居然既有遺囑又有遺囑執行人，多少多少英鎊給老襟，多少多少英鎊給老婆，有條不紊。最近讀愛爾蘭裔作家馬可特的回憶錄，更得知有紐約老頭，將三、四十年堆積起來的領帶放在遺囑上留給一個朋友，後來不大高興這朋友了，更煞有介事的找律師改遺囑收回成命。

中國遺囑我孤陋寡聞，除了國父遺囑之外，只在一張台灣老報紙上，讀過另一篇類似遺囑的文章。作者提倡節約，囑附兒女，將來除了敦請六位博士扶棺之外，其他一切從簡。唯骨灰得安放在一個雪花石膏美術瓶內，每年忌日，兒孫得對灰靜坐默想父母養育之恩。這倒是跟紀念週的三鞠躬禮和默哀三分鐘同曲同工。免費或者，從簡就見仁見智了。

看來中國人的遺囑，即使是國父遺囑，如果翻譯成英文，恐怕還是算不得遺囑，起碼不是西方法律定義的遺囑。法律上的遺囑，強迫你作必死的計畫，柴米油鹽的計畫，中國式遺囑不沾法律，是永垂不朽的最後努力，起碼國父和上述老先生的遺囑是如此。

其實如此努力是人之常情，無可厚非，與保羅的名句「美好的仗我已經打過了，當跑的路我已經跑盡了，所信的道我已經守住了，從今以後有公義的冠冕為我存留」，甚至有一定程度的異曲同工，都是意味著生命意義、生命價值的追求。對萬物之靈的人來說，若有比死還可怕的，或者就是最後驚覺，一生原來毫無意義。

一個演員

莎士比亞最著名的台詞之一，是出自馬克白口中的感嘆。弒君奪國達到目的，最後窮途末路的馬克白喃喃自語：

明日，復明日，復明日，

日復一日躡足而至直到時間記錄最後一個音節，我們所有的昨日照引著愚昧人的道路走向塵埃迷漫的死亡。滅了，滅了，短暫的燈燭！

人生不過是個走路的影子，一個水準不高的演員，在台上衝衝撞撞胡扯一翻便消聲滅跡：

是個癡人所講的故事，聲色俱備，毫無意義。

前些時候聽見收音機上記者訪問英國一位著名的莎士比亞演員，請他講講一些不尋常的經驗。演員說，有一次扮演馬克白，觀眾第一排坐著一位老太太，戲劇演到「明日，復明日……」的時候，老太太突然應聲跟鄰座同伴說；「明日？明日是星期六嘛。」演員險些沒有噴飯。

其實果不其然，明天不正是星期六嗎？星期六自還有星期六該做的計畫、該盡的職責。「明日復明日」，「明日是星期六」，死生交錯，知生不忘死，知死不忘生，這不就是數算日子的智慧嗎？

線

一方面是我懶得燒飯，二方面我喜歡那位熱情的老闆娘，於是不時就跑到她的餐館去拿個木須肉、蝦炒飯什麼的。年復一年，她一家大小的來來去去、風吹草動，我便都耳熟能詳了。尤其是她的兩個兒子，打從二小由台灣來到，從小學到大學，我都得到循序的消息。雖然始終未曾謀面，最後當兄弟倆以全額獎學金考進大學，後又考進醫學院時，我也禁不住為他們高興，情同看著他們長大的親人了。

「老闆娘你好福氣啊！」我說。老闆娘笑瞇了眼睛。老闆娘的確福氣。好比還是昨日的事，每次去拿木須肉時，老闆娘就津津道來：

「……我跟兩個小鬼說，拜託拜託，你們千萬不要搗蛋，千萬別讓老師把媽叫去告你們的狀，你媽不會講英文呀，記得記得……」

比起其他同胞，教子育女嘔心瀝血不遺餘力的辛苦，老闆娘倒是無為而治不勞而獲了，不是福氣是什麼？只是當我到處宣傳老闆娘的福氣時，知情的人卻說，什麼無為而治，二小成材是虧得他們有個好阿姨，自小替他們打好了根基；老闆娘福氣，是因為有個好妹妹。

說的也是，美國人的老生常談就這麼說，吃什麼東西出什麼人；無中生有，不大可能。不過我確也認得有些瘦子病夫，虛不受補，吃來吃去都不見成績，不過越是這樣就越大意不得了。最保險是不要偏食，見營養就得吃，寧殄不漏，說不定那一樣有一天派上用場。這一來，當然就免不了好些徒勞無功的牙齒運動，胃腸運動；為買補品而耗之資就更別說了。可是人生的未知數太多，只好如此，盡力而為，以求萬一。

早不知道

照我看，養兒育女之事，大致也是如此。父母手中線，兒女身上衣，晝夜密密縫。父母的心意，古今中外，人同此情；不同的是每人的手工和喜好的料子與樣式各有差異。有一天，兒女離巢之日終於來到了，遊子那身衣裳是否縫以致用，那就要看際遇、看造化了。有時，兒女披著父母苦苦織就的一身金縷衣踏上征途，孔雀未曾開屏，不料卻碰上了橫風驟雨，竟落得個衣不蔽體。做父母的要是早知道，必定摔下手中的金線，快快塞給兒子一件那怕只是破爛老舊聊勝於無的簑衣。「早知道」這幾個字太作弄人了。的確，「早知道」，人間就沒有故事，沒有故事也就沒有什麼所謂人生了。

去年一個難得的機會，好友開車帶我們夫婦遠征新英格蘭探秋。朋友堅持不怕麻煩，一定要繞經我闊別了四十多年的母校，讓我憑弔一下。

久別重逢，母校池苑依舊。斑斑駁駁紅磚牆上，長春藤的片片濃綠中已星點著酒紅，一如當年入學時的初秋。今日入境隨俗，半個世紀之後，再用美國人的眼光，新世紀的眼光回顧當年初到貴境時的模樣，不禁莞爾。

當年的麻州春田火車站，一個港來女孩，瘦小身材，牽著三隻不成比例的龐然大箱，牽得緊緊的，因為害怕西洋大盜。那時機票是太大的奢侈，還是總統輪船和火車的年代，留學好比昭君出塞一般的悲壯，一般的一去不復返，因此也相迎得隆重。三隻大箱是爸爸特別訂造的，箱面灰底白字大號英文正楷漆著我的大名，醒目之處，但凡走過的人無不停眼讀它一遍。

接車的外國學生顧問認人自然也毫無問題了，令她措手不及的是我那笨重得莫名其妙的行李。三隻箱子，師生二人老鼠拉烏龜般拉來扯去都不得要領，終於花錢喊來一個大漢，好容易才把我全部和番的嫁妝荷上了車。顧問肯定滿肚疑團，為什麼一個小小女生會有這麼多的行李？香港皮箱裡到底賣的什麼藥？

裡面有棉被、毯子、枕頭、被套，有皮大衣，有皮面拉鍊的活頁簿，還有許多黑人牙膏和美國象牙肥皂，因為爸爸深信，美國什麼都比香港貴很多，美國出品亦不例外；而且讀書人一寸光陰一寸金，浪費時間上雜貨店，不如自己開雜貨店。若是行得通，爸爸巴不得連刷牙都有法子替我代勞。

結果棉被枕頭全未用上。當年母校聖橡山（一譯曼荷蓮）對外賓十分禮遇，給我的獎學金不止食宿全免，原來連床鋪的供應和換洗都包括在內。我的棉被枕頭因此也就無用武之地了。皮大衣也未曾亮相，不是不夠冷，冷得要死，是寧死不穿，因為我很快就看出，校園裡自有不成文的制服，與我的皮大衣相去十萬八千里。皮大衣在我成家後，淪為兩只沙發枕頭套。

至於象牙肥皂，卻給我帶來了意外的名聲。八十多人的宿舍，很快就遠近傳聞，香港來的女孩，肥皂牙膏一籮筐，於是缺貨時誰也懶得專程跑到校店去買，毛巾包著濕頭髮，赤著腳就跑到我的房間請我出讓肥皂，我自然也不能拒絕。我記得肥皂一塊她們留一毛二分在我的桌上，我賺了還是蝕了也不清楚。可幸黑人牙膏無人問津。更可幸，那年代種族之事尚未敏感，校裡也未有黑人同學，因此不曾替我招來麻煩。人人睜大眼睛看那白齒賊亮的黑面商標，覺得有趣，但似乎沒有人敢拿來放進嘴裡。

三大箱子「早不知道」的父母手中線。換言之，三箱廢物。那是克難之年啊，爸媽那冤枉的花費，於今想來還覺心痛。

案情漸白

這次舊地重訪，人且別提，恐怕最大的分別就是行裝，這次絕無雞肋、絕無廢物，因此簡單。

起行之前，朋友體貼，不只聲稱他們夫婦一人只帶一個背包，車倉全部讓給我們；之外，鑑於我病體初癒，還自告奮勇要開長途來助我收拾行裝。朋友的好意，我兩樣都未用上，因為我自認本人的行李IQ已經到了爐火純青的地步，得獨角兒表演一下。果不其然，連丈夫的輪椅以及沐浴坐椅幾件絕不可少而極佔空間的硬體外，再加上我們二人與朋友二人的行李，車倉還綽綽有餘。當年與今日，分別在「未知」與「已知」。

年事漸高，回首前塵，去路越伸越長，已知越來越多，不時會回想起成長的日子，在一切都是未知的年月裡，父母親為我們未雨綢繆，在我們身上密密縫補的勞苦；可嘆，回顧起來勞民傷財枉費心機的不少，而貨真價實最好俱備的一些家常道具我們卻很是欠缺，這也就是為什麼本文一開頭，我就拜訪老闆娘的原因。但是一切不能太過苛求，母親自己都不及格的課程，怎能要求她傳授給我們呢？何況萬幸，有一樣東西實在讓母親猜中了，有理無理，強逼我們非攜帶上路不可。這一強逼，往後人生章回小說案情漸白的時候，我可真越來越恭喜自己，中獎了。

可以這麼說，這件東西與媽媽性格中的弱點有關。事實上，我的雙親二人都一樣，都稱不上是特別理性特別中庸的人；民主，更談不上。二人都各有熱烈各有衝動。一衝動，我們可就忙得團團轉。先講母親吧。

真正年輕的母親，我不認得，沒趕上恭逢其盛。那時的媽媽最大的嗜好是和幾個同她一樣休閒的太太們摸八圈。聽說麻將打個通宵不算回事，夜以繼日打到幾歲大的女兒，我的大姐，掉進了院子裡的噴水池也不知覺。你不能不承認，這叫專注，這叫全力以赴。

到我的時候，母親已經是另一個人了。又或者仍然是同一個人，仍不中庸仍然專注仍然全力以赴，只是熱中的對象不同了。因此，我沒有大姐幼時的好命，我未曾嘗過母親無為之治聽我自然的好味道。至於我那缺乏逍遙的童年，到底應該怪罪還是歸功於宋尚節博士，便

線

要看你的立場如何。因為家史記載，我的母親是聽了宋尚節先生講道後，將搓麻將的專注廢物利用，一轉身，全倒在我們身上了；換言之，母親從此變成了我們目不轉睛的教務主任兼訓育主任。當然，到我的年代，國情家況亦都早已失去了逍遙的條件。

無論如何，因為有母親作主任，我和妹妹幼時業務之忙，你莫能想像，我是上了學之後，才知道世界上有寒假暑假這一回事。其他正常的課業，諸如上大人孔乙己之類不去說它，事實上，算起來我和妹妹連孔乙己都還未認得的時候，就已經能口若懸河的唱出不少大衛和摩西的詩篇以及聖經其他著名的篇章。這兒用「唱」字比「背」字貼切，因為母親教我們背誦和教我們唱歌，方法沒有兩樣。未有大腦嗎？用耳朵。

我不清楚有沒有這方面的研究和理論，照我自己的經驗，我得出這樣的結論：用悟性用大腦背下來的東西，來得容易但去得也快，反而不求甚解以聲調重複「唱」回來的東西，在一個人的腦筋裡有永久居留的優勢。

不過我那「大腦可有可無論」，只限於字字死背的東西，故事就不同講法了。有情有節的故事剛相反，一旦以那怕只是起碼的悟性袋入幼年的腦袋，就會好像有什麼法律保護的住客似的，到屋主要拆危樓的時候，還死賴不肯搬走。

這也就是為什麼主日學裡經常會碰到一些叫老師啼笑皆非的小傢伙，故事一開頭，他就搶著插嘴，告訴全班以下的情節。想想看，這些小鬼上主日學，由幼兒班上到四、五年級，若是上研究院都拿到博士了。如此類推，在母親和主日學雙管齊下之餘，到我上學住校的時候已經儼然博士一名，何況到出國的時候？

遞解出境

言歸正經，話說我帶了三大箱好東西來到金山，不料全無用場。我自然沒有一五一十的報告為什麼每件寶貝都是雞肋。對好人，尤其父母親，我是提倡避重就輕的。況且，不久我的運氣就有了意外的好轉，別有可以報告的事了。

我修一門美國文學課。有一天討論《捕鯨記》。教授說：「這本書的開場白很特別：『Call me Ishmael（本人名叫以實瑪利）』這是什麼意思？」

「以實瑪利這名字出自聖經，」我在主日學裡搶著插嘴已經訓練有素。

「他是亞伯拉罕與使女所生之子，」我說：「後來被逐離家在曠野漂流。會不會是暗示孤獨放逐的主題？同時喻意敘事者旁觀多於參與的身分？」

教授刮目相看的表情，令我十分得意。

不久，讀到女作家華爾頓的小說《快樂之家》，我又馬上知道，典故出自傳道書「智慧人的心在遭喪之家。愚昧人的心在快樂之家。」

再不久，海明威的《日出》：「虛空的虛空……一代過去一代又來……日頭出來日頭落下……」

就這樣，不久，除了肥皂牙膏之外，我的聲譽又上了一層樓。

媽媽聽了自然高興，因為這完全是意外的收穫，想不到主日學老師的大忌，所謂「頭腦知識」……知而不行，居然輕視不得，大有用場。

的確，原來一個人若修讀西方文學的話，熟悉聖經，著實有很多方便，因為隨時隨地都會碰到熟人熟事。碰到熟人，自然大大縮短了入境知俗的時間。

事實上，不只在文學，就是在西方日常用語上，知道聖經典故也會減少許多自己摸不著頭腦也摸不著別人頭腦，摸來摸去的失禮。這也就是為什麼我這一輩子因為熟聖經又添了一項娛樂，就是看人家摸頭腦摸不中時在旁暗暗捧腹。這也是母親絕沒料到，大約也不喜悅的一個她所賜我的聖經的用途。

不久之前，美國雷根總統葬禮，英國前首相戴卓爾（柴契爾）夫人在紀念冊上題字：「好，你這又良善又忠心的僕人。」電視記者說，夫人好幽默！這不是莫名其妙是什麼？這句子出自馬太福音，是善用上天恩賜忠於託付的意思。引句是故事中賜恩賜的主對忠僕的讚譽。幽默？難道記者以為鐵娘子倚老賣老，摸著老戰友的腦袋像摸小孫那樣嘉獎道：「Good job!」？

更有趣的，前年看中國報刊翻譯二〇〇二年諾貝爾文學獎得主，匈牙利作家凱爾泰斯的一篇小說，提到某火車站上掛著的一塊招牌，上面寫著：

當我們寬恕了那些冒犯過我們的人，請寬恕我們的過犯吧！不要把我們引導到誘惑中，但請把我們從邪惡中遞解出境。

譯者分明不知道這是基督教的主禱文，教會早已有沿用的傳統譯文「免我們的債，如同我們免了人的債。不叫我們遇見試探，救我們脱離兇惡。」至於其時其地，應該用基督教還是天主教的譯文更為忠於原著則自然另有考慮。無論如何，遇見以上的譯文，心想，好傢伙，我們廣東人背國父遺囑也不妨：「我呢搞國民革命已經搞左四十年囉。」

鐘樓怪人

好了，閒話打住，且回到當年的校園去吧。話說初到美國，上課不久，就發現母親自小給我灌輸的聖經知識，大有意外的用場。我一時倒未料到，原來爸爸也不輸，我人生的下一步，就輪到爸爸手中線上場了，雖然針法甚差。

回想起來，教育女兒的事上，爸媽似乎分工，又或者可以說是唱對台戲。當媽媽教我和妹妹兩個文盲背聖經的時候，爸爸就教識字的姐姐背唐詩、記日記。爸爸沒教過我，因為還未及入其門，我就住校去了。但他教姐姐的時候，他們父女的朗朗誦誦，像灌粵語唱片那樣，不知不覺，大豬小豬落肉盤的也全都灌入我耳。看爸那搖頭擺腦的樣子，使我一輩子肯定了其中必有黃金屋、顏如玉。

先得聲明，爸爸不是什麼國學家，只是一個業餘的詩詞愛好者。換言之，談不上有光，但肯定有熱，而且熱度十足。我依稀記得小時一個場面，就是爸爸和他一批大學同學在我家開校友會，討論要為一位他們甚是敬佩的國文老師拜壽。但見一批長輩，越講越興奮，又是燒豬領頭，又是含著柑子，又是擊鑼打鼓，又是大家什麼什麼一窩蜂的擁到教授住宅去等等。後來到底做了沒有我不清楚，因為不久人人就都雞飛狗跳逃出中國了。

這位教授是冼玉清女士。爸爸和伯伯們尊稱她「冼子」。爸爸對詩詞國學的熱度，估計是冼子傳染來的。詩詞國學，我傳不到；但發燒，因為是病，像流行性感冒，得來全不費工夫。當然，凡事不論好壞都得講天時地利人和；發燒，也不例外。多年潛伏的細菌，在美國一間閣樓小房間裡，終於碰上正合的溫度，便像蘑菇一般發張起來。用「發燒」這兩個字與此樓相提並論實在太傳神了，因為那樓房是個烤爐，我今日一想到，還會不自覺的手執前襟上下搧動起來以驅暑熱。

來美後，我的第二大站是費城。我就讀賓大研究院的日子，正是學校新舊圖書樓交替之時。那年代，冷氣是人情，還不是道理。老圖書館是座維多利亞城堡，熱脹冷縮夏冬待序。仍處在蝌蚪時期的中文部分藏在堡壘頂樓，只有三三兩兩的鐘樓怪人出沒其中。

來到費城，對我來説，無疑闖入了大觀園。一向跟女孩子們嘈嘈切切粵語交心不亦樂乎的日子，即使到了美國女校亦未中斷，來到費城卻突然夭折了。在費城，我首次碰到了大批講國語的同胞男女同學。雞兔同籠，一時屏住了呼吸，定了定神，少數服從多數，便勉強跟著撓起舌頭來。日光之下有新事，沒想到不久，我居然還靠國語國音吃起飯來。

入賓大後不久，得到了一份工讀差使，就是在圖書館裡編中國書。我從來沒有見過那麼多的中國書冊，小説、歷史、戲曲、詩詞任我隨手翻閱，看了無須考試不説，還有錢拿。美國俗語，是上了豬的天堂了。問題是，在美國編中國書，除了依內容性質分類外，還得以標準國語將書名作者拼出音來。如我者，自然得一字一字的核對字典，工作進度之慢，自己都不好意思。有時一急，有時懶惰僥倖，字典查少了一兩次，上司猜不出我的音謎，便說：

「做慢一點，慢一點不要緊的，我們的書不多，做得太快，你豈不就要失業了？」

那幾年，除了這位踏破鐵鞋無覓處的上司外，還有一位興味相投與我一同勤務的同學。文盲如我者，置身書堆，雖然心花怒放，無奈不知如何下手；萬幸同學是知識分子，台大出身，她看什麼我就看什麼，緊緊跟隨。工內工外，二人在圖書館頂樓烤得不亦樂乎。

這還不止，下課下班回到宿舍，幾個中國女同學也都是國語人物，很有修養，國畫西洋畫樣樣通。有一陣子，大夥兒課餘工餘都練起字來，興致勃勃，我看著亦忍不住蠢蠢欲試。但自知只是九方格的層次，去信向爸爸討紙，不料正中上懷，爸給我寄來大批毛筆字帖還有全套《芥子園畫傳》，外加詩詩詞詞書書經經，因為喜出望外，女兒在美國居然還有機會補習起中文，彌補他教育中的一大窟窿。所以說，爸爸其人，既不理性亦不中庸是也。又是一批雞肋。

夢裡夢外

人間的錦上添花，雪中送炭，恐怕沒有比父母親更為可靠的了；心有餘智不足，添錯送錯，那是無可奈何的事，已經鞠躬盡瘁了。父母親所沒給我們的，是他們做夢也沒想到是我們所需要的。我個人來說，例如運動和遊戲。

跳高，跳不過去，一手將竹竿扯起來，長年依靠老師的慈善過關；爸媽得知並不緊張，從沒想到要替我補習；反當笑話來講：一個媽生兩樣人，妹妹是田徑選手，姐姐手軟腳軟，鎮日坐著，對著本書，一動不動，看她像不像甘地？

遊戲，我亦很少捨得把自己推醒，拋下看到一半的書，勞煩雙腳站起來跑過去參加小朋友的熱鬧。爸媽看著含笑搖頭，也不著急。

因此，如果兩老此刻從天上回望人寰處，發現松楓拂曉黎明中，彷彿有鏡小湖，湖中一條小橋，橋上有個張三李四，正在獨自垂釣。此情此景雖然不失一點詩意，但畢竟太平凡了，不值多看一眼。

但要是得知漁翁不是別人，竟是他們的書呆子女兒呢？他們真會嚇得魂歸身體，一腳又摔回了人間。爸還會一面摔一面喊道：「女阿女阿，豆泥婆阿，站穩的阿，爸不是叫你戲山莫戲水的嗎？……」「豆泥婆」是我的專稱，就是手綿腳軟勞煩不得的女界。

然後兩老著陸站穩之後，我就得解釋是何奇異，使本女兒臨老竟然釣起魚來。然後很快就躲避不了要招供我的現況，然後兩老聽了就老淚縱橫，死也不肯再回天堂去了。爸得留下來監督女兒女婿兩個阿斗起來打「能治百病」的太極。不善廚務的媽媽就整天的折騰不肯坐下，燒燉各路苦口仙單要我一天八杯當水來喝等等。如此這般，可真是不能承受的重啊。

萬幸這是不可能。而且我相信，父母劬勞，服侍了他們一代的子女，便睡了；天職已盡，理應讓他們安歇，兒女的戰爭，應該兒女自己去面對了。況且不論如何花費唇舌，他們大約也不肯相信，一對寶貝兩個病號，老牛破車，明明目不忍睹，怎麼可能說是過得還可以呢？

過得還可以，因為好命，魚與熊掌二者兼得，既有朋友的扶持，又有獨處的奢侈。獨處是我得力的來源。獨處中，我慢慢重新傾聽童年時代母親給我灌就的粵語詩篇唱片。越傾聽越是驚奇其中無價之寶，取之不盡用之不竭。

湖邊垂釣的清晨，往往連自己也覺得不可思議。夢裡還是夢外？一個生死邊緣浮沈的人，居然隔江猶釣後庭魚，有無搞錯？其實不止能釣，且是必須。在寂寥湖上，我是給天使一個機會來跟我摔跤。「你不讓我釣到一兩條魚我就不容你走！」有時釣到有時也不一定，但按時恭候是起碼的禮貌。

至於我當初是怎麼釣起魚來的，說來話長，那又是另一個父親、另一個線的故事了。

鯛。的。故。事

二次大戰時，英國首相邱吉爾有兩樣行徑，甚合我心。第一，忙病交加的時候堅持看小說，宣稱珍．奧斯汀的小說與抗生素異曲同工相得益彰。第二，日理萬機而不忽略午睡；不是一般大忙人闔上眼睛眨四十下的誇張，而是換上睡衣正式登床的虔誠。他還說過，「能坐切莫站，能躺切莫坐。」

讀到這些記載的時候，心想，萬歲，英雄所見略同。看珍．奧斯汀的小說有怡神舒腦的作用，那是我早就發現，而且行之有年的事，年復一年，百讀不失功效。午睡，雖然即使在夢中，也不曾放膽到穿起睡衣進行，和衣小憩可是從小住校就訓練有素的。嗣後，一輩子不論得時不得時，得地不得地，每天到時到候，雙目必定自動垂簾。只需片刻，就可換來一個下午的精神復甦，事半功倍。否則，壓傷蘆葦一根，人見人憐。

至於能坐不站能躺不坐，一向更是本人在家中享之已久的特權。小時軟骨症，當日似乎無人知道越軟越得運動的道理，剛剛相反，越軟越優待；一遇粗重，人人都是我的勤務兵。

乾坤倒轉

離家去國，乾坤倒轉，不得已自力更生，時勢逼出了英雄，從此義無反顧，雖然如此，無論多忙，我的生活仍保持了這兩段錦的基調。中午向周公三鞠躬，即使是站在公車上或是正在上課，只有正在考試除外；晚上就寢前亦勢必看看閒書，否則一天無以落幕，魂魄無以遣散入夢。

如此這般，規規律律，四時運轉，渾然無覺，好像美國故事裡醉臥山野的李伯，彷彿只是一夜之間，誰知一躺就躺了幾十年。一覺醒來，不知何年何月革命已經成功，人民已經翻身了……司機辭了職，長工回了鄉，園丁不打個招呼便人影不見了。換言之，我那幾十年從不疲倦、從不告假的丈夫突然病倒了，一病驚人，坐到輪椅裡，一賴就不再起來了。

這是我一生中第二次乾坤倒轉。情況比第一次自然嚴重得多。然而我的觀察，物質世界中，最有奇能、最管應急潛力，也最大的資源是腎上腺分泌。唐吉訶德排骨瘦馬衝鋒陷陣和風車決鬥，靠的就是腎上腺分泌。就這樣，我的四肢百體立即排隊列陣總動員緊急迎戰。

對我素來不存幻想，從不相信我能走路與嚼口香糖同步進行的老朋友，看著無不驚訝，嘖嘖稱奇道，不得了，佛跳牆了！佛不止跳牆，接著還飛簷走壁。腎上腺素這東西，實在令人肅然起敬。

但是不久，朋友看我表演看厭了，不再報以掌聲，而是開始喝起倒采來。我的嘉賓留言冊上，一向慣見的「功夫如逆水行舟，不進則退」、「百呎竿頭更進一步」，如今是清一色的「愚婦押青山，賠了愚夫又折兵。」那算什麼祝詞，是黑心神仙給睡美人的咒詛嘛。果不其然，不久我便躺下來了。

病，有一個好處，強迫集中注意，好像由地震的風火碎石中突然被摔進一個寂靜的黑山洞裡，定一定神，耳重聽目重明，我這才猛然發現，我不是邱吉爾。

因為不知何時，我已不再進謁周公，不再看書。我的眼睛已經進化到一個地步，好像大英帝國極盛時期，廿四小時日頭不落。看書嗎？夙興夜寐，當務之急都忙不過來，何來時間閒心翻書，早免了。

這是順理成章的事，忙不過來，自然能坐就不躺，能站就不坐，不再思睡不再看書。好比一個人，積蓄用盡了，典當嫁妝珠寶以應急需，乃是情理之必然。我的嫁妝是中午見周公、晚上看小說，全數交出。

不再思睡不再看書，便一腳被踢出了邱吉爾俱樂部。爬起來痛定思痛，才發覺先前入會，其實也是冒牌的。因為一向認為，大難當前還吃睡玩樂之輩，係大有問題缺少條神經。神經齊全的人，先天下之憂後天下之樂，換言之，才是配合時勢的英雄。

邱老不缺神經，但居然在國家民族生死存亡的關頭，照樣午睡，照樣看小説，這叫超越時勢，那是何等層次？五體投地之餘，心想該設法學效學效以便籌資贖回青山。有無睡意，這事不能勉強，但閉上眼睛眨四十下可以自律。看書和運動亦一樣，於是重新鞭笞自己恆心，定時給自己透支了的身心還債。

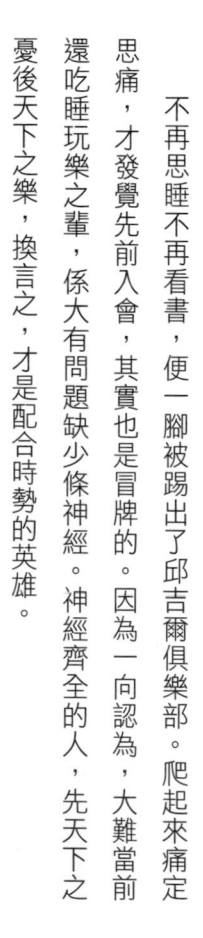

似曾相識

就這樣，一天傍晚，夕陽雨後，清風和暢，是個難得涼爽的夏夜，心想若不到外邊去走走而登上行路機器，真是暴殄天賜，不可原諒。於是將丈夫穩妥安置在床上做他的病人運動之後，便跑到外邊去了。

我們這一帶得天獨厚，人少樹多，順著社區小徑，隨意邁步，綠野兔蹤步步宜人。路邊小小斜坡下有個小湖。小湖松樹環繞，如畫之景，素來亦如畫之靜，傍晚是沒有人煙動靜的。是日走過，不意樹叢掩映之間，破題兒第一遭的瞥見一位白髮老翁在小橋上垂釣，便禁不住走近前去跟他寒暄幾句湊湊熱鬧。

老翁一徑簡單不過的魚竿，熱狗為餌，不到一刻，便釣到了兩條魚。魚身扁圓，小口，長八、九寸，色如煙薰，赤紅亮麗略帶花點，魚翅開展玲瓏精巧。我一看似曾相識，再看，斷定就是我們多年前在多倫多唐人街吃過返尋味的那一條清蒸魚的同胞。想像中，已經由老人手中接過這美麗的傢伙，已經將之安放在蔥花薑絲的盤子裡，正要加生抽（醬油）澆炸油的時候，猛不防，老人一手將魚摔回水中。我幾乎要跳到水裡去搶救。魚是不是太小了？我問，所以非扔回水中不可，否則違法？

不，老人說，這小湖是社區私有，除了因為古蹟之故，不容許有所更動外，其他事情政府不管的，而且這種bream魚能釣到的就是那麼大的了。

這小湖原來還有來歷。百多年前，菸草業的黃金時代，這一帶是菸草大王杜克家族的田地。湖邊兩間小木屋是他們的菸草加工倉。菸草倉房易起火，近火要靠近水救。這就是小湖的來源和目的。

沒想到兩間由粗糙橫棟和灰白水泥相間疊成的小屋居然是真貨。本人的大漢優越感，一向還認定那是美國建築商在「人造湖」上為營造田園風味而擺設的假骨董。對不起，原來真有其事。老人說，社區只要不驚動湖與倉房小屋，養魚釣魚，魚大魚小，隨你。

你不愛吃魚嗎？我又打聽。釣著玩的，他說，魚這麼小沒什麼吃頭。大魚？也是有的，貓魚，貓魚好吃。

老人聽見我從來沒有釣過魚，便將魚竿讓給我試試看。這把戲似乎不需什麼技巧經驗，不到一會，我也釣獲兩尾，正歡喜得無以自勝，老人沒徵求我的同意，便又慣性的將魚扔回水中。我只有兩眼發直徒呼荷荷。

回到家中，想的是魚，談的是魚，夢的是魚。人逢喜事果然精神爽，沖積腦海多時的淤泥一沖而散，取而代之的是不斷的盤算。若是我能一魚到手，我問我的生活顧問好友，你會殺魚嗎？她說可以試試，但先得查清此魚是何神聖，是否值得她開殺戒。

朋友的先生是教育家，校長，實事求是，不輕信天花亂墜的見證故事，擺出一桌的字典仔細推敲。Bream者，他説，鯛也，俗稱銅盆魚，《辭海》、《辭源》都有詳細説明，校長將之一一以正楷抄錄給我參考。揚揚一頁，我一眼便盯到要害……「肉肥而美」，足矣足矣。

外科手術

於是立刻積極籌畫。先買得衛生熱狗一包，脱脂的，萬一釣魚不成自己吃，不浪費。魚竿，跑到窩馬大店（沃瑪爾超市）去，沒料一看，傻了眼，竟然排排坐不下一百幾十枝，枝枝各有威風，越看越糊塗，自然無法下手。

幸而認得一位漁翁朋友，可以請教。這樣吧，朋友說，你來我家，我給你先上一課，然後你拿我一根魚竿去試試，果有興趣，你才投資自置一竿。上完一課，獲悉魚鉤之上要有一粒鉛；還有，綁魚鉤用的不是蝴蝶結。而魚鉤專用結結構之精巧叫我嘆服，學會之後，士氣更加膨脹。

朋友釣魚幾十年，從未聽過以熱狗為餌。可幸我第一次就遇見，一步登天，否則正規的蚯蚓之類，我是不敢下手的。朋友聽見塘中有貓魚，臨行時又循循囑咐，若是釣到，小心別刺到手，最安全還是連線連鉤剪斷放生算了。

好容易等到了一個周末清晨，曙光明朗，丈夫又有人看顧，天時地利人和，便提著一個水桶兩個膠袋，一條熱狗一徑魚竿心歌一曲的出發了。出門前，順手亦把門後小收音機扔到桶裡，有個伴兒。

仲夏清晨，湖水比日間更顯寂靜，繞岸松樹圍著一鉤殘月倒映其中，除了偶然略過上空的三兩晨鳥驚鴻一瞥外，水中唯一的動作來自我的倒影。橋上，我一到步便忙著佈局：熱狗切段，段狗上鉤。一切妥當後，便是魚線一放，孤注一擲。

正擬扭開收音機，不料水中立即就有了反應，反應非同小可，浮標猛的下沈，使我幾乎招架不住，像個小學生在大風中使勁把著一枝旗杆。上來一魚，足有十一、二寸之譜，向著我一開一合的嘴巴，不是鯛魚的櫻桃小嘴，而是一個來勢洶洶的大口，我不敢輕易冒犯，拉上來先置諸橋上，等戴上外科手套再說。這一下非同小可，魚一著地，整條木橋，橋頭到橋尾，橋尾到橋頭，亂蹦亂跳，一卷魚線給牠跳到一塌糊塗，險些沒給牠蹦回水中。

此君大約太過狼吞虎嚥，魚鉤不在唇上而是緊扣喉嚨，我的外科手術拔來拔去都拔不出來。魚口喘喘，一副乞憐的眼光，我趕快閉上眼睛，懇求天父可憐，快快救牠脫離我的手，結果魚鉤總算弄了出來。此後，雖然亂線一團，勉強尚可入水三兩尺，我小心翼翼的又釣了三尾魚，都是鯛魚。到此，初升朝陽已由松樹後面穿射出來，便收拾零碎打道回府。

我將所得放入雙層膠袋置諸桶中，一路上，幾條傢伙不停的跳躍，簡直像一籠雞在那兒飛撲，又似桶中有鬼怪精靈。我一路上打著腹稿如何同美國人解釋，幸而沒碰上半個人影。

那條大魚，朋友說是鱸魚，魚大肉多，實惠，味道也不錯，但食客全體同意，還是小小鯛魚更為鮮美，味似螃蟹。

拔河遊戲

此後，我和丈夫二人，每星期都殷切的等待周末垂釣的節目，本來黯淡的日子陡然增加了不少顏色。只可惜湖在坡下，丈夫的輪椅非我所能拉拔得上落，即使如此，即使他長久只是百聞而不得一見，仍然大大的感染了我的興奮。我開車帶他路過，讓他張望一下垂釣的場景，幫忙他的想像。每次歸來，我又都像拾穗的路得，向婆婆展示當日所獲……膠袋打開，讓魚蹦跳向他報到。袋中自那一尾鱸魚之後，從來只是清一色的鯛魚，都不超過八、九寸長。貓魚也碰到過，我告訴他，大的足有某朋友剛剛滿月的嬰兒那麼大，甚是驚人。

貓魚上鉤，魚竿一般二話不說便彎成弧形往橋底鑽，像一面倒的拔河遊戲，負方站不住也退不後，除了剪線，難有他法。有時根本不用剪，魚兒便將線替我扯斷逃之夭夭。我覺得抱歉的是，我再釣下去，全塘的貓魚都要像摩登女郎一般，人人唇上一個鉤了。

有一次我靈機一動，反正是連線剪斷不需落手，若有可能，何不將魚吊到桶上再行剪線，讓牠摔進桶裡，帶一尾大魚回家給丈夫來個驚喜？果然，終於碰上了一條較小的貓魚，兩磅左右吧，線沒斷，還可以收得回來剪得入桶。不料驚喜來得太突然，膠袋向著丈夫一打開，這牲畜白肚一反、撲通一躍，嚇得病人的哮喘立即發作，馬上得扯上面罩。我這才了解為什麼最近兩個好意的女孩，半夜給一個偏遠的鄰居送自烤的餅食，結果幾乎嚇出人命，為此被告上法庭，而且輸了。有時，蠢人確是該打的。

天上大餅

至今魚已釣了半年，除了頭兩次百發百中的奇蹟，使我誤以為美國魚塘有的是傻魚，都排著隊等候游入中國人的胃，此之外，慢慢這玩兒便進入了事理的常態……有時只釣得一兩條魚，更多次是一無所獲。但都不打緊了，甚而有點慶幸，因為無魚也樂得一身鬆，不必善後，加以湖上垂釣這回事，早已由得魚的新鮮感，慢慢演變成細水長流的悠悠。

釣魚，我永遠不會成為專家，因為無心上進。為什麼當初魚運奇佳，而後來「果陀」不來了呢？我在網上草草瀏覽了一下，除了很多天時地利的因素外，鯛魚喜新厭舊，需要不斷的替牠們換口味。鯛魚嘴刁，倒是押韻，亦是合情合理，請問次次都是熱狗，能吃多少回而不反胃？

但是我無意嬌縱牠們。斯文第一，熱狗就是熱狗，要吃就吃，不吃拉倒，反正無所謂，釣翁之意早已不在鯛，而在松風殘月，在日出之前水邊的安歇，這是另一種約會。

長久以來，我一直希望再次碰見釣魚老人，謝謝他的引介，可惜再也沒有看見他。奇怪的是，不止未見老人，連任何一個釣魚人也不曾碰上。我衷心的感激慶幸當初的偶然巧遇。

然而，根據詩人密爾頓，這位《失樂園》的作者，「偶然」一詞卻是愚昧人的用語。「那權柄，」他說：「愚昧人稱之為偶然。」我們中國北方亦有話說：「天上掉下大餅來，會接還得會吃。」

我現在天天都在生活中練習接餅和吃餅，並為命令大餅摔中我腦袋的無上權柄俯首謝恩。

Touch系列003

望梅小史：陳詠散文集

作　　者：陳　詠
編　　輯：雲郁娟
特約編輯：張惠珍
封面設計：黃聖文

發 行 人：鄭超睿
出版發行：主流出版有限公司 Lordway Publishing Co. Ltd.
地　　址：台北縣新店市中正路102巷7號
NO.7, LANE 102, JHONGJHENG RD., SINDIAN CITY, TAIPEI COUNTY 231, TAIWAN
電　　話：02-2910-8729
傳　　真：02-2910-2601
電子信箱：lord.way@msa.hinet.net
郵撥帳號：50027271
網　　址：http://mypaper.pchome.com.tw/news/lordway/

經銷
紅螞蟻圖書有限公司
台北市內湖區舊宗路二段121巷28號4樓
電話：02-2795-3656　傳真：02-2795-4100

以琳發展有限公司
地址：香港北角屈臣道2-8號海景大廈C座5樓
電話：(852) 2838 6652　傳真：(852) 2838 7970

2008年5月 初版1刷
書號：L0804

ISBN：978-986-83433-6-8（平裝）

Printed in Taiwan

國家圖書館出版品預行編目資料

望梅小史：陳詠散文集／陳詠著.
— 初版. — 臺北縣新店市：主流，2008. 05
面；　公分. —（Touch系列；3）

ISBN 978-986-83433-6-8

855　　97006914